ALIÉNOR D'AQUITAINE
IL Y EUT UN SOIR,
ET IL Y EUT UN MATIN

DU MÊME AUTEUR

Le Crocodile devenu le sac à main de Karl Lagerfeld, Flammarion, 2018

Marie-Noëlle Demay

ALIÉNOR D'AQUITAINE
IL Y EUT UN SOIR, ET IL Y EUT UN MATIN

Roman

Les Presses de la Cité

92, avenue de France – 75013 Paris
ISBN 978-2-258-20009-8
Dépôt légal : mai 2022

À Hugo, mon Roi
À Céline et Marie-Louise
À Carlos

Et à Françoise Hollman, la combattante

Je ferai la bataille et passerai les fleuves.

Charles PÉGUY

Prologue

En ce mois d'avril 1199, à l'instant où je m'empare librement de son histoire, Aliénor d'Aquitaine a sans doute atteint les soixante-quinze ans. On ne connaît ni la date exacte de sa naissance (1122 ou 1124), ni le lieu précis où elle a vu le jour (Poitiers ou Bordeaux). En 1137, la duchesse d'Aquitaine est devenue reine de France. Quinze ans plus tard, elle quitte son époux, le transparent, chétif et pieux Louis VII, pour épouser le jeune Henri, flamboyant héritier Plantagenêt, bientôt roi d'Angleterre.

Du premier, elle aura deux filles.

Du second, huit enfants, dont cinq garçons.

Au début de cette année 1199, seuls deux de ses fils restent en vie : Richard, qui a succédé à son père Henri II sur le trône d'Angleterre mais demeure le vassal du roi de France pour plusieurs de ses possessions continentales, et Jean, le dernier-né, l'instable, le « sans terre ».

Malgré son grand âge, Aliénor continue d'inspirer troubadours et poètes. Elle impose le respect. On la vénère. On la craint aussi. Les épreuves, dans sa vie, n'ont pas manqué : l'errance des croisades, les trahisons politiques et conjugales, les intrigues, les luttes de pouvoir, la mort qui décime sa famille et cette captivité longue de quinze années voulue par son époux, Henri II d'Angleterre, pour s'être révoltée contre lui et avoir entraîné ses fils à sa suite.

Du passé ! L'an de grâce 1199 s'ouvre sur la sérénité retrouvée, celle de la paix que lui procurent ses séjours à Fontevrault, son abbaye d'élection.

Aliénor se sent alors presque sereine, et elle a toutes les raisons de l'être. Son fils entre tous aimé, Richard Cœur de Lion, roi d'Angleterre, est en ce printemps au faîte de sa puissance.

Guerrier légendaire, tacticien hors pair, Richard a énergiquement muselé les prétentions de son frère Jean : le félon avait eu l'audace – ou l'inconscience – de s'allier au jeune roi de France, Philippe Auguste, pour tenter de lui voler son trône et ses terres alors que Richard, de retour de Terre sainte, était fait prisonnier par le duc d'Autriche puis par l'empereur romain germanique. C'est elle, Aliénor, qui, lors de la captivité de Richard, avait protégé le royaume de la cupidité de Jean, rassemblé la rançon et, une fois obtenue, avait couru délivrer elle-même son fils préféré des geôles rhénanes.

De retour en Angleterre, l'invincible Richard, surnommé « Cœur de Lion » après ses exploits de roi croisé, avait repris les affaires en main, pardonné la trahison de son frère et étouffé peu à peu le maigre royaume capétien sous la puissance Plantagenêt.

Le vassal du roi de France allait devenir son égal. Complots et discordes subsistaient bien çà et là, mais rien qui ne puisse sérieusement entamer l'hégémonie anglaise…

Seule ombre au tableau : l'union de Richard avec Bérengère de Navarre, l'épouse qu'Aliénor lui avait choisie, était, à ce jour, restée stérile. Et Aliénor craignait qu'elle ne le demeurât.

Elle imaginait parfois le mariage d'une princesse de sang Plantagenêt avec un héritier du royaume de France. Car, même s'il n'avait encore engendré aucun descendant légitime, Richard avait des nièces, les filles de sa sœur, reine de Castille…

Aliénor s'autorisait alors à rêver qu'un jour peut-être, à la grâce de Dieu, le petit royaume capétien s'effacerait sous la bannière « de gueules à trois léopards d'or », armoiries du roi Richard d'Angleterre, et que le royaume des Plantagenêts ne connaîtrait plus aucune limite à sa prodigieuse expansion.

Oui, décidément, les dernières gelées du mois de mars de l'an de grâce 1199 laissaient flotter, au-dessus des toits de Fontevrault, un ciel aussi pur que de l'eau...

LA CROIX

An de grâce 1199

Châlus, 2 avril 1199

Ta peau. Je la respire. Penchée sur ton avant-bras puissant, rompu au maniement de l'épée par tant de guerres et de batailles, j'appuie mon front de vieille femme. J'y colle mes lèvres. Je voudrais que ce baiser te traverse de part en part, délivre ton corps de la souffrance.

Je suis du regard la veine bleue qui serpente là où ta chair se fait douce, dans ce repli nacré que tait l'intérieur de ton coude. Elle palpite comme le cœur d'un petit animal traqué. Je me tiens à ta droite, là où le mal n'a pas encore gagné. Là-bas, sous le drap léger qui recouvre ton épaule gauche broyée par un carreau d'arbalète, je devine le carnage de la putréfaction. Le médecin a dissimulé sous force bandages et emplâtres l'atteinte du mal. La moitié de toi est intacte. Et ton visage, aussi. Tu as fermé les yeux. Tu t'absentes déjà, tu sais que la mort s'est coulée en toi, qu'il te faut endurer son emprise de bête furieuse, occupée sans relâche à te déchiqueter de ses mâchoires de feu. Tu te livres à son festin sans protester. Il est trop tard. Tu le sais. C'est pour t'accompagner au seuil de ta mort que tu m'as fait mander, moi, Aliénor, reine d'Angleterre, duchesse d'Aquitaine et de Normandie.

Moi, Aliénor, ta mère.

M'emplir de toi. Je veux graver chaque détail de ton visage. La courbure virile de ton nez, tes narines impérieuses, ce grain de beauté large comme un esterlin juste en dessous de ton oreille droite. Les reflets roux de la barbe qui embroussaille tes joues. La mâchoire volontaire, taillée haut, ainsi qu'un tranchant de silex. Et puis les lèvres pleines, avides de vin, d'orgies, de sexe, de violence, de batailles, de rires et de poésie. Tu es roi et tu as le visage d'un roi. Agonisant, avec cette peau nécrosée dont la puanteur envahit la pièce au point qu'il faut renouveler sans cesse les brassées d'herbes aromatiques qui jonchent le sol, tu es plus que jamais et en majesté Richard Cœur de Lion, roi d'Angleterre, mon fils adoré entre tous, ma faiblesse et ma force, ma grandeur et mon sang.

Il y a deux jours désormais que je te veille. Je ressasse sans cesse les événements qui ont conduit à ta perte et j'implore Dieu de pardonner ma colère et d'ignorer tes blasphèmes...

Quel roi magnifique et redouté tu as été, mon fils ! Ta puissance s'étendait sur ces terres échevelées et changeantes qui vont de l'Écosse aux Pyrénées, déchirées par la Manche que nous avons, toi et moi, traversée tant de fois. Comparé à toi, le roi capétien Philippe Auguste devait, lui, se contenter d'un bien malingre royaume, à peine une cicatrice altérant les frontières du gigantesque empire Plantagenêt.

Je t'ai élevé près de moi, à Poitiers, au milieu des troubadours. Tu as composé des vers dès ta plus tendre enfance. Tu aimais la musique à la folie, ainsi que la poésie. Les armes aussi, tes plus fidèles alliées. Dès que tu fus formé à l'art de l'épée, tu y excellas. Les poils n'avaient pas encore noirci ton menton que tu réclamais une lame à ta taille. Dans les sentiers, tu pourfendais en riant les herbes hautes puis, très vite, tout ce qui barrait ton chemin : serpents, hérissons, et même les gros escargots striés de brun qui ne s'enfuyaient jamais assez vite. Adolescent, la chasse te procura des plaisirs intenses. Tu rentrais exalté, les yeux fous, jetant à terre tes gants tachés de sang avant de m'entraîner compter les dépouilles que nos gens avaient alignées :

— Vois, mère, tout cela est pour toi !

Je redoutais cette sauvagerie qui s'emparait parfois de toi. Tu faisais tout à l'excès : tu riais à faire trembler les murs, tu mangeais pour trois et buvais comme un soudard. Mais le soir, quand tu venais t'asseoir près de moi, tu étais le plus délicat et le plus attentionné des fils, dissertant sur toute chose avec une finesse et une poésie qui me bouleversaient.

Car nul ne fut plus artiste que toi. Nul ne sut, plus que toi, atteindre un tel éclat, une telle profondeur d'âme. Ta pureté était si incandescente qu'elle en semblait presque irréelle, comme la lumière froide d'un astre déjà mort.

Tu aimais les mots. Tu les utilisais comme des armes. Tu parlais plusieurs langues. Ton latin, notamment, était admirable. Un jour, lors d'une discussion, l'archevêque de Canterbury te provoqua en public. Tu lui adressas alors une cinglante repartie en latin. Il ne la comprit pas, ne maîtrisant pas suffisamment les subtilités de la langue d'Ovide. Le silence gêné de ce balourd t'enchantait à chaque fois que tu évoquais sa déconvenue. Ton sens de la dialectique te faisait redouter de tes ennemis aussi sûrement que ton aptitude aux jeux guerriers.

Et quel humour ! À ce diable de prédicateur, Foulques de Neuilly, qui t'accusait d'abriter en toi trois méchantes filles : l'orgueil, l'avarice et la sensualité, tu répliquas tranquillement :

— Je donne mon orgueil aux Templiers, mon avarice aux Cisterciens, et ma sensualité aux Bénédictins.

L'ecclésiastique en resta coi.

Tu écrivais des poèmes. Ils te libéraient un peu de l'ardeur qui bouillonnait dans tes veines. Sous ta dictée inspirée, les mots se faisaient complainte, tendresse, nostalgie, tout ce que tu dissimulais sous une gaieté brutale.

Mais c'est le chant que tu préférais. Chaque matin, à la messe, tu te joignais au chœur. Ta voix grave s'élevait alors bien au-dessus de celle des autres. Tu ne savais pas murmurer, il te fallait gronder comme le tonnerre, déchirer l'harmonie des voix assoupies jusqu'à ce que le son se perde sous les voûtes et aille frapper l'oreille du Dieu que nous vénérions. Les chants arabes te transportèrent lorsque tu les découvris lors de ta croisade en Terre sainte. Leurs mélodies rauques, chaudes et entêtantes, presque violentes, répondaient à celle de ton âme. Elles seules savaient te tenir captif d'un silence. Et tu y reconnaissais, à l'égal d'un frère détesté, l'ombrageuse exigence d'Allah, leur Dieu.

Mais voilà que tu t'agites sur ta couche, dans cette salle si grande que ma voix y résonne en écho. Ce printemps de l'an de grâce 1199 est capricieux : un jour torride, un jour glacé. Ce soir, l'humidité attaque mes os. Les nombreuses fenêtres en arc de cercle, ourlées de pierres blanches, projettent dans la pièce obscure une lumière laiteuse de fin du monde. Le feu crépite dans l'âtre, juste devant ton lit, mais ne parvient pas à me réchauffer. Je me suis enroulée dans des peaux de loup qui me couvrent presque entièrement, des épaules jusqu'aux pieds. Ne reste que ma main, posée sur toi, et mes yeux qui ne te quittent pas.

Tu vas mourir. La forteresse de Châlus, château ordinaire doté d'un donjon dressé tel un phallus stupide, aura été ta dernière et bien piètre conquête. J'enrage que Dieu t'ait réservé une fin si peu glorieuse, si peu digne de toi. Le cistercien Milon du Pin, qui t'assiste dans tes derniers instants, me rappelait ce matin que nul ne peut se risquer à provoquer Dieu sans encourir un juste châtiment. Et que tu avais eu l'audace de bafouer la trêve divine imposée par Jésus Notre-Seigneur en ce temps de carême.

Tu serais donc le seul fautif ? Pour avoir désobéi et pris les armes, tu mériterais ta fin comme une punition s'abat sur un enfant borné ? Je n'y crois pas. Le Dieu que je prie est plus généreux que cela. Tu lui as tant donné. Tu es celui qui est parti en croisade délivrer le tombeau du Christ de l'emprise mahométane. L'homme de la prophétie, tel que te l'avait annoncé, sur le chemin de la guerre sainte, le vieux moine calabrais Joachim de Flore en citant le saint livre de l'Apocalypse. Oui, tu allais éradiquer la sixième tête du dragon persécuteur de l'Église : Saladin. Et cette victoire annonçait les temps de la fin et la venue de l'Antéchrist. Le saint homme te l'avait assuré :

> *C'est à toi que le Seigneur a destiné la réalisation de toutes ces prophéties, et il te permet qu'elles s'accomplissent par toi. Il te donnera la victoire sur tous tes ennemis, et Lui-même glorifiera ton nom pour l'éternité.*

Et si tu es bien devenu le bras armé de Dieu, la prophétie, elle, ne s'est pas réalisée…

Châlus, 4 avril 1199

Tu dors. Ou tu fais semblant. Le silence règne, seulement déchiré par le cri métallique d'un épervier qui chasse tout près.

Devant ton corps supplicié, il me souvient que, il y a dix jours à peine, en ce temps de chagrin qui précède Pâques, je célébrais la mort de Jésus à Fontevrault, apaisée et confiante. Les voûtes de l'abbatiale résonnaient des chants des moniales. De l'autre côté de la clôture, invisibles mais présents, les moines eux aussi entraient en pénitence. Car oui, ma singulière abbaye accueille indistinctement moniales et moines, répartis en quatre prieurés sous la gouverne d'une même abbesse. Et je révère cette chaste insolence.

Il m'en souvient : j'étais alors parmi mes dames à l'office des vêpres lorsqu'on vint déranger mes prières. Je compris que l'affaire était grave. Inquiète, je rejoignis le perron, gravissant à la hâte la volée de marches qui le sépare de l'abbatiale. Un cavalier hâve et crotté m'attendait. Dès que j'apparus, il mit genou à terre. Parti de Châlus, il avait épuisé trois chevaux pour arriver plus vite à Fontevrault. Il me dit simplement :

— De la part du roi Richard.

Et me tendit une lettre. J'en brisai le sceau à tes armes.

C'est ainsi, dans le froid du soir, alors que le cheval fumait encore de sa course folle, que j'appris que tu avais été mortellement touché par un tir d'arbalète lors du siège de la forteresse de Châlus. Tu écrivais, laconique, que la gangrène s'étant déclarée, le temps t'était désormais compté. Et qu'il me fallait te rejoindre sans attendre.

À ces mots, un étau glacé broya mon cœur. Ma respiration cessa. Mes dames me soutinrent alors que le sol se dérobait sous moi. Ma vie s'échappait par tes mots sans appel. Mais je me ressaisis vite. J'ai toujours eu davantage de courage pour affronter les grands drames de la vie que ses petits tourments.

Sans rien dévoiler de la gravité de ton état, je donnai mes ordres. On prépara mes bagages. Je résolus de partir à l'aube avec une escorte réduite à l'essentiel, sans aucune des dames de ma suite : elles auraient retardé ma chevauchée vers toi.

Châlus, 5 avril 1199

Lors de nos courtes haltes, ton écuyer entreprit de me relater les faits. Indifférente à la pluie hostile, mes yeux avalant l'horizon qui me séparait de toi, je l'écoutais en silence remonter le temps. Et il me semblait revivre chaque heure de ces jours maudits comme si j'avais été présente, chevauchant à tes côtés ce funeste 26 mars 1199...

Ce matin-là, l'air est doux dans ce coin du Poitou, si cher à nos cœurs. L'herbe ondule, verte et grasse, qui réjouit la panse des chevaux et forme, sous leurs sabots, un tapis duveteux. Tu es de bonne humeur. Tu as envie d'embrasser cette vie qui t'offre tous les frissons dont tu raffoles. Tu as quarante-deux ans, la force de l'âge. Tu es Richard Cœur de Lion, roi d'Angleterre, maître des Plantagenêts, celui que tous vénèrent, craignent et respectent dans un même élan.

Tous ? Pas tout à fait. Le comte de Limoges et le vicomte d'Angoulême persistent dans leur attachement à ton ennemi Philippe Auguste, le roi capétien.

Lorsque tu apprends que ce dernier, ayant trouvé un trésor sur ses terres, ne t'en concède qu'une partie, bafouant ainsi ton droit de suzerain à en récupérer la totalité, tu juges l'affront intolérable. Et décides que son châtiment aura valeur d'exemple.

Tu diligentes alors le chef de tes mercenaires, ton frère d'armes Mercadier, une brute épaisse dont la fidélité à ton égard n'a d'égale que la bestialité, afin qu'il parte aux avant-postes. Quarante hommes et femmes seulement ont trouvé refuge dans le château assiégé, où, tu en es persuadé, le vicomte dissimule le trésor. Des sapes sont creusées autour des murailles, un feu nourri et constant de tes arbalétriers empêche toute riposte de la part des assiégés. La victoire sera aisée, penses-tu en traversant un rai de soleil.

Châlus, bientôt, tombera. Vainqueur, tu feras ripaille. Tu réciteras quelques vers de ta composition. Tu chanteras peut-être, ivre de liberté et de puissance. Le printemps qui s'éploie a toujours réveillé en toi une joie presque enfantine. La promesse d'une lumière longue et tendre sur les chemins que tu arpentes sans fin te fait parfois sourire, et tes compagnons s'interrogent sans jamais oser te demander de quelle pensée intime naît cet inhabituel et fugace éclair de tendresse dans ton regard.

En cette funeste fin de journée, à l'heure où, à Fontevrault, je gagne le cœur de l'abbatiale pour assister aux vêpres, tu décides, à peine arrivé, d'aller faire un tour d'inspection au pied du château de Châlus encerclé. Une balade. Un prétexte pour respirer l'air du soir et parier combien d'heures encore tiendra cette forteresse que tu considères déjà comme tienne. Tu as toujours été si sûr de toi, mon fils ! Tu as fini par croire les légendes qui te disaient invincible, quasi immortel, protégé de Dieu lui-même. Tu n'as même pas revêtu ton haubert, il te tient trop chaud. Eh quoi ! Parbleu ! Quel besoin de se protéger alors qu'un seul et malheureux arbalétrier tire du haut du donjon, l'inconscient ! Une vulgaire poêle lui sert de bouclier pour contrer le tir de tes archers... La situation est à ce point insolite que tu pars d'un grand rire qui grimpe et s'enroule comme le lierre jusqu'en haut de la tour, agaçant l'impudent qui riposte de plus belle à ta sonore provocation. Tu apprécies le courage de cet intrépide dont, en connaisseur, tu juges les visées d'une précision diabolique. L'un de tes compagnons d'armes porte devant toi un pavois qui te protège des tirs qui s'enchaînent. Tu te déportes à droite, à gauche, évitant parfois de justesse d'être atteint. C'est comme une danse, un pas de deux qui s'entame avec cet inconnu, aussi bon tireur que toi. Cela te plaît, cela t'excite, ce frisson de danger, cette petite ivresse à peu de frais. Il te plaît, ce bougre. Digne de combattre à tes côtés, parmi les troupes de Mercadier.

Mais le jeu finit par te lasser. Tu t'ennuies si vite et en toutes choses... Au moment où, faisant subitement volte-face, tu décides de regagner ta tente, le fer à quatre pans d'un carreau d'arbalète décoché au même instant te déchire l'épaule gauche, s'enfonçant profondément dans ta chair à la naissance du cou, broyant les muscles, fracassant l'os. Tu chancelles sous le coup. Les pavois de tes archers t'entourent et te font maintenant un rempart inutile. Instinctivement, tu tentes d'arracher le carreau, comme s'il s'agissait d'une simple écharde. Mais tu ne parviens qu'à en briser le manche sans extraire la partie métallique. Ce n'est pas ta première blessure. Tu as développé une résistance à la douleur hors du commun. Ton corps puissant n'est que plaies et cicatrices. Tu penses que celle-ci te fera une magnifique balafre, un trophée de plus, une énième victoire contre l'ironie du sort.

De retour au camp, Mercadier mande aussitôt un boucher chargé d'extraire le fer, très profondément enfoncé. La lumière des torches ne peut dissimuler les grimaces que tu retiens en vain alors qu'il taillade ta chair pour dégager les pointes de la flèche. Ton épaule est ouverte, dépecée par les instruments du boucher, passés au feu et à l'eau-de-vie, comme tes cuisiniers le font d'une pièce de sanglier. Ton sang jaillit, coule le long de ton bras, fleuve bouillonnant chargé de lambeaux de chair, de brisures d'os. Après plusieurs essais, le carreau est enfin extrait. On recoud la plaie, on t'enduit de baume, on te bande. Pour supporter la douleur, tu as ingurgité des quantités impressionnantes de vin additionné d'herbes. Jusqu'à en perdre connaissance. Mercadier ne t'a pas quitté, t'encourageant du regard, mortifié de voir ton épaule broyée, impuissant à soulager ta douleur. Il en est réduit à verser encore et toujours plus de vin dans ta coupe et à boire, lui aussi, pour partager à sa façon le combat que tu mènes. Vous allez vaincre, comme toujours. Un vulgaire carreau d'arbalète ne peut abattre Richard Cœur de Lion, le vainqueur de Saladin et du roi des Français, Philippe Auguste...

Mercadier somnole à ton côté quand, en toute fin d'après-midi, tu ouvres les yeux. Aussitôt, un médecin, réquisitionné par ton mercenaire préféré, accourt et vérifie l'état de ta blessure. Les linges sont noirs de sang, tu es pâle, très pâle, et mords la pièce de cuir que Mercadier te tend lorsque les compresses s'écartent. Le médecin ne dit rien. C'est toi alors qui le presses, l'interroges.

— Combien de temps pour guérir ?

— Sire, je crains que ce ne soit long... la plaie n'est pas belle...

— Par les jambes de Dieu, faites votre métier, je n'ai pas de temps à passer allongé.

— Sire, vous devez vous reposer, je reviendrai demain.

Mercadier raccompagne hors de la tente le médecin qui se tait. Ton fidèle lieutenant n'a jamais étudié dans les parchemins, il ne possède aucun savoir, seulement un instinct de bête fauve qui renifle l'odeur de la mort derrière le silence embarrassé du praticien.

— À demain, lance le médecin en évitant son regard.

À l'aube du troisième jour, en proie à la fièvre, tu as ordonné qu'on te transporte à l'intérieur du château de Châlus, tombé quelques heures à peine après ta blessure.

Un feu immense a été allumé dans la cheminée monumentale qui orne la grande salle du château. On t'y a déposé devant, sur une couche, avec précaution. Le médecin a de nouveau mis la blessure au jour et, au son retenu de son cri, tu as compris : la gangrène s'est invitée au festin de ta plaie.

La gangrène. Le fléau. Qu'on soit manant ou roi, nul ne peut en réchapper. Tu vas mourir. Quelques jours suffiront à la putréfaction des chairs. Tu sais ce qui t'attend, inexorablement : les souffrances, l'agonie, la fin.

Tu sais et tu refuses. Pas comme ça. Pas pour ça. Pas maintenant. Tu chasses le médecin et demandes à rester seul jusqu'au soir. Mercadier lui-même ne peut pénétrer dans la pièce qui va devenir ton tombeau. Les yeux clos, tu pries. Est-ce que tu as peur ? Tu ne le diras pas. Mais je me souviens qu'enfant, tes nuits étaient peuplées de cris et que le sort des trépassés t'effrayait au point de te laisser éveillé, hagard et convulsé d'angoisses, jusqu'à l'aube.

Il te faut apprivoiser l'idée, pourtant : tu vas mourir en ce printemps frissonnant, au faîte de ta puissance et de ta gloire.

Puis, le roi guerrier, le chevalier en toi prend très vite le dessus sur le simple mortel. Tu récapitules les décisions urgentes : assiéger le château de Nontron, appartenant au vicomte Aimar, et la forteresse de Montagut. Me prévenir, moi, ta mère, la femme en laquelle tu places toute ta confiance. Mais surtout, dicter tes volontés, jouer la partie d'après sur cet échiquier politique que tu connais si bien. D'abord, désigner ton successeur, lequel concrétisera peut-être une trêve entre les deux royaumes. Tu dois agir vite, la gangrène ne te laissera que quelques jours avant que ne viennent le délire, la perte de connaissance et la fin, comme une délivrance.

Rivé à ton lit de souffrances, te sachant condamné, tu décides alors de vivre une dernière fois.

Eh quoi ! Tu as réfléchi, pris les décisions politiques et donné les ordres urgents qui s'imposent… Trois jours après avoir été blessé, tu hurles donc soudain qu'on t'amène du vin à foison et des filles en abondance ; qu'on allume un feu à faire pâlir l'enfer, qu'on convoque les musiciens ; que la viole, la gigue, le rebec, le frestel et le psaltérion unissent leurs sons et qu'on te laisse baiser cette vie que tu as aimée à la folie. Dans le même temps, tu ordonnes qu'un destrier prenne immédiatement la route de Fontevrault pour m'avertir que, dans une banale et triste forteresse du Limousin, le roi d'Angleterre, Richard Cœur de Lion, s'apprête à mourir.

Ton sabbat dure deux jours.

Tu décrètes ensuite qu'il est temps pour toi de te préparer au grand voyage. Exténué de douleur et de jouissance mêlées, tu tournes tes yeux vers le crucifix d'or fin, de pierres précieuses et d'ivoire gravé, posé à tes côtés. Toi, soldat du Christ consacré, pèlerin de la Croix, tu as failli si souvent à ta foi… Pareil à un enfant, tu veux faire repentance. Encore une fois. Comme en ce Noël 1191, dans la cathédrale de Messine, où, sur le chemin de la croisade, tu réunis évêques et archevêques et, nu comme un ver, confesses devant eux tes péchés avec humilité, et, y renonçant, reçoit d'eux pénitence.

Était-ce pour être pardonné des amours multiples auxquelles tu te livrais ? On te disait grand consommateur de sexe et peu regardant sur le genre…

Ce matin, ayant épuisé les forces qui te restaient, tu fais appeler ton chapelain et aumônier, l'abbé Milon du Pin, pour t'assister dans tes derniers moments.

Dès lors, l'entrée de ta chambre est interdite à tous, excepté à Mercadier. Il ne faut pas qu'on sache l'invincible Richard Cœur de Lion mourant.

J'arrive près de toi le lendemain, à la fin du cinquième jour suivant ta blessure.

Nous sommes alors en ce riant avril où le coucou chante au détour des bois.

Châlus, 6 avril 1199

Les plages de silence se font de plus en plus nombreuses. Avant-hier, tu as confié à Dieu tes péchés.

Depuis bientôt sept ans, tu n'oses plus recevoir le saint sacrement. Ta haine envers Philippe Auguste est devenue si grande que tu ne te sens pas digne d'accueillir l'insondable Mystère, qui est tout amour et indulgence. Tu reconnais aussi avoir pris un plaisir coupable, bien souvent, à tuer tant et tant.

Mais tes péchés sont remis et, à ton tour, tu pardonnes. À ton frère Jean. À Pierre Basile, ton meurtrier, ce fameux arbalétrier dont les tirs, à la précision diabolique, t'avaient tant diverti. Tu le fais même quérir, le questionnes et ordonnes, devant témoin, qu'on lui laisse la vie sauve. Tu pousses même la générosité – l'excès, toujours – à lui faire remettre cent esterlins, à la fureur contenue de Mercadier qui, pour sa part, lui aurait volontiers ouvert le ventre et le reste.

Mais toi, mon fils, te pardonnes-tu à toi-même ?

Tu as demandé au Seigneur de te laisser au purgatoire jusqu'à la fin des temps pour expier tes innombrables péchés. L'abbé Milon a souri et t'a rappelé que Dieu était miséricorde et que tu avais fait plus pour Lui que n'importe quel homme et n'importe quel roi.

Puis tu reçois l'absolution.

À ce moment seulement, tu acceptes la chair et le sang de Notre-Seigneur.

De trésor, tes hommes n'en ont point trouvé dans la forteresse. Forfanterie de seigneur pour susciter, à peu de frais, l'ire du roi ? Mourir pour un mensonge. Cette ironie t'a fait rire, une dernière fois.

Puis, devant l'abbé Milon et moi, tu as voulu, alors que tu redoutais que ta conscience ne décline, dicter tes dernières volontés.

Tu es très calme. Serein. Tu souhaites quitter le monde comme tu y es venu. Nu. À Jean, ton frère, la raison du sang commande de céder ton pouvoir et tes terres. Même s'il en est indigne. Mais le veux-tu vraiment ? À ton neveu bien-aimé, l'empereur Otton IV de Brunswick, tu octroies sans hésiter les trois quarts de ta fortune et les joyaux que tu possèdes. Tu ordonnes que le dernier quart soit vendu et distribué à tes serviteurs et aux pauvres.

À moi, ta mère, tu demandes de ramener ton corps et de l'ensevelir à Fontevrault, au côté de celui de ton père.

En ta qualité de duc de Normandie, tu exiges que ton cœur rejoigne la cathédrale de Rouen au sein de cette province que tu aimes et pour laquelle tu t'es constamment battu.

Quant à tes entrailles, tu veux les laisser pourrir dans notre terre d'Aquitaine qui t'a coûté tant de sueur et de sang, pour l'humilier et la féconder dans un élan contraire.

Au matin de ce 6 avril, tu ne dis plus un mot. Seuls quelques grognements s'échappent de ta bouche, tandis que, sous toi, on change tes linges souillés d'urine, d'excréments et de pus. D'énormes bubons noirs, bulles d'enfer suintant un liquide sombre, frémissent et crépitent à la surface de ta peau. Je les fixe jusqu'à l'épuisement, ces monstrueux scarabées qui grouillent dans ton cou, déforment ton bras gauche et s'attaquent maintenant à ton visage et à ta poitrine. Ils éclatent parfois, dans un scintillement de sarment, et leur coque éventrée découvre alors tes chairs avariées et putrides.

Malgré la fraîcheur du soir, on a ouvert les volets de bois, l'air est devenu irrespirable.

Au couchant, tu as ouvert les yeux et tu m'as regardée fixement.

Dans un geste qui appelait l'enfance, j'ai mis ma main sur ton front. Dans ton regard, j'ai vu l'étonnement.

J'ai penché mon visage près du tien, plongé mes yeux dans les tiens, au plus loin que j'ai pu, comme on enterre un trésor. Une dernière fois, tu m'as offert leur claire lumière. Un regard déjà absent, sans fond. L'éclat bleu s'est crispé sur la plus haute ligne de mon front. Je n'ai pas bougé, juste saisi ton poignet droit. Sous mes doigts, je sentais ton pouls faiblir, faiblir, s'éloigner quelque part, à petites pulsations feutrées.

Et puis, plus rien, juste un long souffle profond qui s'exhalait de ta bouche, vidait tes poumons, faisant soulever le voile transparent qui recouvrait mes cheveux.

Tandis que tu expirais, je priais le Très-Haut de t'accueillir comme on reçoit un grand roi.

En majesté.

J'ai laissé tes yeux vides me fixer tandis que je t'embrassais.

Puis, très doucement, j'ai fermé tes paupières comme on scellerait un reliquaire infiniment précieux.

Châlus, 7 avril 1199

Je t'ai veillé la nuit entière, priant sans cesse pour ton salut, présente à Dieu, absente à moi-même.

L'abbé Milon ne m'a pas quittée.

Aux premières lueurs du jour, on m'a doucement et respectueusement priée de sortir. La grande pièce était devenue insupportable de clarté.

Le médecin est arrivé muni de ses instruments tranchants pour ouvrir ton corps, en extraire le cœur et procéder à l'embaumement.

J'ai voulu que les épices et aromates servant au rituel soient exactement les mêmes que ceux utilisés pour le Christ, Notre-Seigneur. D'Orient, j'avais rapporté l'encens, le myrte et la menthe. Ils accompagnaient le pin, le chêne, la marguerite, la campanule et, bien sûr, le mercure et la chaux.

Savoir ton cœur embaumé dans un écrin de senteurs identiques à celles qui enveloppaient le corps du Christ après la Passion me rassérénait un peu. L'encens avait pour moi le parfum de Jésus, celui de l'amour et de l'immortalité. Les Rois mages ne lui en firent-ils pas présent dès l'instant de sa naissance ?

Lorsque tout fut accompli, on déposa délicatement ton cœur, vidé de son sang puis recousu, dans un berceau de lin, avant de le coucher dans un coffret de plomb sur lequel était simplement inscrit :

Ici repose le cœur de Richard, roi d'Angleterre.

J'y apposai moi-même les scellés.

Puis ton corps, salé et parfumé, fut enveloppé dans un cuir de bœuf avant d'être allongé dans un cercueil de plomb.

On te hissa sur un char, recouvert d'un drap d'or. Quinze chevaliers portant ton oriflamme escortaient le convoi qui supportait ta dépouille. Ton fidèle Mercadier ouvrait la marche. À ta suite, j'avais pris place, avec l'abbé Milon, dans une litière tirée par des chevaux.

La nouvelle de ta mort s'était répandue comme une traînée de poudre à travers ton royaume. Lorsque nous traversions les villages, les paysans cessaient aussitôt leur travail et les femmes attrapaient leurs enfants qui s'agrippaient peureusement à leur tablier. Ils se groupaient, embarrassés et silencieux, devant le convoi. Beaucoup tombaient à genoux, les mains jointes, lèvres récitant une profonde prière. Certains se signaient. Des petites filles lançaient des bouquets de jonquilles aussi pâles que la lune ou des couronnes tressées de pervenches mêlées de myosotis. Leur bleu céleste adoucissait un peu l'éclat brutal de ton suaire d'or. Les abbés couraient faire retentir le glas, et il me semblait que ton royaume entier vibrait du son lourd et pesant de sa triste chanson.

Partis très tôt, nous fîmes une halte d'un soir à Poitiers. Dès l'annonce de ta mort, la ville de ton enfance s'était figée dans une douleur stupéfaite. Massés en grappes humaines tout au long des rues de la cité et jusque sur la grande place qui les séparaient du château, les Poitevins pleuraient leur roi, que nombre d'entre d'eux avaient connu jeune prince espiègle et généreux.

Il y eut des évanouissements, des lamentations, des cris de douleur déchirants. Arrivée enfin pour une courte nuit dans mon cher et vieux palais, sur cette butte qui domine la ville, je fis transporter ton cercueil dans la Grande Salle dont j'ai ordonné la construction et qui me sert tout à la fois de cour de justice et de lieu d'apparat. Tu n'as pas eu le temps de l'admirer. Tu l'aurais aimée. On y est comme en apesanteur, attiré vers le haut. Ses arcatures aveugles, d'une élégance qui ne dit pas son nom, ses fines colonnettes et ses culots sculptés sont la marque que j'ai imprimée au règne Plantagenêt : une austérité qui rend encore plus implacable sa grandeur.

Je voulus t'y placer au centre. Seul. Je pensais que ces lieux, qui me font l'effet d'une cathédrale, étaient dignes de toi.

Je permis que tout ce que Poitiers et ses environs comptent de clergé et de noblesse vienne s'incliner devant ta dépouille, entourée de chevaliers portant tes armes. Des moines te veillèrent toute la nuit tandis que des centaines de flambeaux projetaient sur les murs des figures dérisoires et parfois terrifiantes.

Nous repartîmes aux premières lueurs de l'aube.

Fontevrault, 11 avril 1199

Je te mis au tombeau le dimanche de Pâques fleuries 11 avril 1199, à Fontevrault, aux pieds de ton père adoré et honni, Henri II Plantagenêt, roi d'Angleterre, mon époux.

Hugues d'Avalon, évêque de Lincoln qui fut ton précepteur et un intraitable défenseur de la foi, accompagné des évêques de Poitiers et d'Angers, de l'abbé de Turpenay et de l'abbé Milon, célébra la grande messe de tes funérailles. Ton cercueil fut ensuite placé dans le chœur, face à l'autel, au côté de celui de ton père, selon tes vœux.

C'est lors de cette messe, alors que je priais devant ta dépouille et que les moniales faisaient entendre la transparente mélodie de leurs chants en latin, que je résolus d'ériger en ce lieu des gisants qui fixeraient pour l'éternité vos visages et feraient de ma chère abbaye la toute-puissante et irréfutable nécropole de la dynastie Plantagenêt.

Et puis, garder ton visage et ton corps gravés dans la pierre de tuffeau, au cœur vibrant de l'abbaye, c'était te conserver à jamais près de moi, juste endormi, les yeux clos, ceint de ta couronne, les mains gantées et jointes sur ton sceptre, ton épée posée sur ton flanc gauche, prête à être saisie, mais le visage serein comme celui que la mort t'avait offert et devant lequel j'avais pensé que Jésus lui-même était venu t'attendre aux portes de son royaume plus grand que le tien.

Les cloches de l'abbatiale sonnèrent longtemps après que j'eus regagné mon logis.

Elles annonçaient, chevauchant un ânon sous des dais de palmes, l'entrée dans Jérusalem d'un roi nu nommé Jésus.

LE CHEMIN

An de grâce 1200

Palencia, 20 janvier 1200

Ma sœur s'engouffra dans la pièce, soulevée de joie.

— Reine de France, tu imagines ? Urraca de France ! Te rends-tu compte de l'honneur qui m'est fait ?

Elle dansait, bondissait, gracieuse et légère comme Guapo, notre écureuil apprivoisé, dans sa cage. Elle était si belle, ma sœur.

Elle saisit mes mains et m'entraîna dans sa ronde :

— Au printemps j'épouserai Louis, le fils du roi Philippe Auguste. On le dit joli garçon… Le roi Jean l'a décidé : notre mariage scellera la concorde entre Plantagenêts et Capétiens. Et moi, je serai reine !

Je riais avec elle. Les affaires politiques ne m'intéressaient guère. Seule la joie d'Urraca m'importait. Mais partager son bonheur signifiait aussi acquiescer à sa perte. Paris était si loin.

— Et tu sais quoi ? Mère a commandé en urgence un nouveau trousseau. Des robes somptueuses pour faire bonne impression.

— Tu sais, depuis plusieurs semaines maintenant, qu'Aliénor d'Aquitaine vient quérir en Castille la fiancée du jeune Louis. Pourquoi tant de hâte ? Tu ne le rencontreras pas de sitôt…

— Quelle bécasse tu fais, petite sœur chérie. C'est précisément la reine Aliénor que je dois charmer en premier. Il me faut lui prouver qu'elle a fait le bon choix… Et puis il paraît que les femmes du royaume de France ont une mise à nulle autre pareille.

— Et sont les plus instruites aussi ?

— Cela m'est égal. Je souhaite juste que mon futur époux soit fier d'avoir une belle et sage épouse… La seule chose qui m'attriste est de vous quitter, toi Blanca, Fernando, Mafalda, nos parents et notre Castille.

— C'est la volonté de Dieu, Urraca. Je le prie chaque jour de te donner le bonheur que tu mérites. Je suis si fière de toi.

Elle m'écoutait à peine, absorbée par la perspective de son royal destin.

— Mère a déjà fait emplir deux pièces du palais de meubles, tapis, vaisselle, bibelots… sans compter les fourrures, étoffes et bijoux… Je ne sais combien de chariots il faudra pour transporter ma dot !

Elle s'écroula sur un banc de velours, essoufflée, soudain pensive :

— Il n'y a que ces innombrables leçons qui m'ennuient : français, théologie, philosophie, politique, mathématiques… Faut-il savoir tout cela pour être l'épouse d'un roi ? J'excelle à broder et filer la quenouille. À chanter. À danser aussi. Et puis à tresser mes cheveux et à arranger mes parures. Ne veux-tu pas étudier à ma place ? Pour toi qui aimes tant les livres, la chose serait moins pénible.

J'éclatai de rire à cette idée. Urraca avait tant d'imagination pour contraindre la réalité à exaucer ses désirs ! Il était juste que, en ce qui me concernait, les leçons n'avaient rien d'un pensum. Bien au contraire. J'aimais me plonger dans les manuscrits, ils étaient comme des amis qui me comprenaient sans me connaître.

— Tu te souviens de ce jour où nous t'avions perdue ? Ni les cris stridents de notre bonne Sancie, ni les cavalcades de Fernando qui poursuivait un chat avec son épée, ni Mafalda promenant ses poupées n'avaient pu t'arracher à ta lecture. Il m'avait fallu te secouer pour que tu réagisses et demandes, ahurie, ce qui provoquait tant d'effervescence.

Elle marchait maintenant dans la pièce, discourant sans fin, tandis qu'allongée sur le lit, j'écoutais son babil.

— ... La seconde chose qui me tracasse est que j'aurais voulu mon mariage fastueux, avec des troubadours, des banquets, des fontaines ruisselantes de vin, des montagnes de sucreries, les rues de Paris pavoisées, les tapis et les tentures étalés partout, les armes de France et de Castille flottant au gré du vent... Au lieu de cela, j'aurai un mariage discret et sans faste. Quelle guigne.

— C'est une situation à laquelle tu ne peux rien changer, hélas. Que le roi Philippe Auguste, père de ton fiancé, épouse une femme alors qu'il n'est pas séparé de la première, et pire encore, qu'il la retienne injustement, enfermée : avoue que le roi de France a mérité le courroux du pape Innocent III !

— J'avoue... Ce matin, on m'a expliqué ce que signifiait l'interdit prononcé par le pape : par cette décision, toute la population des Francs, du roi au manant, est privée des sacrements et des offices. Les cloches ne sonnent plus. Il n'y a plus de célébration ni d'enterrement, ni de baptême, et encore moins de mariage. Voilà pourquoi je serai contrainte d'épouser Louis à la sauvette dans un obscur petit village de Normandie, Port-Mort, en terre anglaise, dans les fiefs Plantagenêt. Port-Mort, quel nom affreux, tu ne trouves pas ?

Je restai un instant silencieuse, tâchant d'imaginer la scène. Urraca continua :

— Mère dit que la reine Aliénor devrait arriver dans deux jours. C'est étrange, n'est-ce pas, d'imaginer qu'elles sont restées près de trente ans sans se voir... et que la reine Aliénor a perdu presque tous les siens, à l'exception de notre mère et du roi Jean. Quelle tristesse d'être devenue si vieille et d'avoir vu mourir la plupart de ses descendants...

J'acquiesçai sans répondre, je ne voulais pas gâcher la joie d'Urraca en lui rappelant que notre mère conservait encore dans un coffre les langes de Sanche et Sancha, deux bébés qui n'avaient pas vécu. Je l'avais surprise un jour, tandis qu'elle pleurait sur les effets de ses enfants perdus.

Comme si ma sœur avait lu dans mes pensées, elle reprit :

— On la dit inconsolable de la mort du roi Richard Cœur de Lion, son fils entre tous aimé...

Elle n'eut pas le temps de finir sa phrase. Notre mère venait d'entrer dans la pièce. Elle à l'accoutumée si tranquille avait le souffle court de celles qui ont trop à penser.

— Urraca, Blanca, mes filles, allons, cessez de rêvasser ! La reine Aliénor arrive sous peu et il y a tant à faire. Urraca, tu dois te rendre à ta leçon. Et toi, Blanca, assiste-moi tandis que je donne mes ordres. La reine sera accompagnée de deux cents personnes : servantes, clercs, dames de compagnie, chapelain, soldats, forgerons et même ses cuisiniers personnels... Comme si les mets de Castille n'étaient pas des plus exquis.

Je souriais à l'empressement de ma mère. Elle me paraissait rajeunie, presque primesautière. J'entrevoyais l'enfant qu'elle avait dû être avant d'épouser le roi de Castille, mon père, à l'âge de huit ans. Je m'enhardis à quelques questions.

— Mère, quel âge a la reine Aliénor ?

— Soixante-seize ans. Et on la dit toujours incroyablement vive, d'une exemplaire dignité et d'une beauté frappante d'intensité.

— Je n'ai jamais rencontré quelqu'un d'aussi âgé...

— Moi non plus, ma fille, je dois bien te l'avouer... surtout en connaissant la vie qui fut la sienne, si pleine d'aventures et de fureur. Peut-être les vents contraires qui ont secoué son destin ont-ils ancré en elle une admirable force d'âme. Rien en elle n'est tiède, mesquin ou rétréci. Son courage égale celui d'hommes parmi les plus nobles de tous. Elle a le sens de l'absolu comme celui de la politique, de la musique ou de la poésie...

— C'est un personnage en tous points extraordinaire, dis-je, consciente de la platitude de ma remarque.

Ma mère ne releva point.

— ... J'ai cru à une farce lorsque ton père m'a appris que la grande reine franchirait les Pyrénées, au cœur de l'hiver, pour venir elle-même quérir la future souveraine de France. C'est un souhait du roi Jean concrétisant un projet du roi Richard. Tout de même, à son âge, l'entreprise est folie. Mais elle s'en moque. Comme toujours, elle ignore les obstacles placés devant son dessein. Je me souviens qu'elle était allée elle-même quérir Bérengère de Navarre pour la conduire jusqu'en Sicile, à travers les Pyrénées puis les Alpes enneigées, afin que le roi Richard, mon frère, l'épouse et engendre enfin un héritier. Mais elle était de dix ans plus jeune et la prospérité de Richard comptait déjà plus que tout. Richard... Elle l'aimait et l'admirait plus que tout.

Mère appuya sur le « plus que tout » de façon à ce que je comprenne que nul ne pouvait rivaliser avec le roi d'Angleterre dans le cœur et l'estime de la reine.

— Mère, j'ai peur à l'idée de rencontrer une telle femme...

— Je comprends... Mais c'est aussi un être sensible. Douce sous son armure de reine. La protectrice et muse des troubadours. Elle les a tant inspirés. La beauté lui est nécessaire. Sous toutes ses formes. Elle sait la dénicher partout et en toute chose. Et sait comme personne la distiller autour d'elle.

— Alors je suis heureuse, car elle va tout de suite aimer Urraca, qui est belle comme le jour.

— J'en suis sûre ! Même si ton père me gronde en disant que je vais trop vite en besogne... Assez bavardé : lui et moi voulons organiser un grand banquet pour son arrivée. De ceux dont elle raffole, mêlant jeux d'esprit, mets raffinés, poésie et musique. Je veux lui montrer que la cour de Castille est digne de celle d'Aquitaine.

Je pensais à tout cela alors que, ma main dans celle de ma mère, je traversais la grande cour d'honneur, blanche de neige. Pour rien au monde je n'aurais voulu franchir les montagnes hostiles par ces jours immobiles et laiteux. Aucun risque : je ne serai jamais reine de France. Grâce à Dieu.

Palencia, 24 janvier 1200

Tôt ce matin, Urraca, Fernando, Mafalda et moi montons au sommet du donjon. Nous n'en avons pas l'autorisation, mais le palais est dans un tel état d'ébullition que personne ne prête attention aux trois ombres enveloppées de fourrures qui se dirigent à pas feutrés vers l'escalier menant à la plus haute tour de notre demeure.

Fernando a voulu prendre son arc et ses flèches. Mafalda, sa poupée préférée. Pour éviter leurs récriminations, Urraca et moi avons cédé à leurs caprices. Et c'est en étouffant des rires et le cœur battant d'être surpris – et punis – que nous gravissons les marches de pierre. Fernando a voulu lui-même pousser la lourde porte en bois qui mène au chemin de ronde. Il nous a doctement expliqué que c'était là un travail d'homme et de chevalier. Ma grande sœur et moi avons échangé un clin d'œil et l'avons laissé faire.

Le vent glacé nous a giflés d'une soudaine bourrasque. Serrés les uns contre les autres, Urraca et moi encadrant les deux petits, nous nous avançons jusqu'au mirador qui domine l'immense plaine de Tierra de Campos, au pied de Palencia.

Fernando et Mafalda étouffent un cri surpris et admiratif devant le spectacle qui s'offre à nous.

Laissant le village de Torquemada loin derrière lui, le convoi est désormais à portée de regard. Un infini ruban d'hommes, de chariots et d'animaux soulève la poussière lourde et rageuse que la neige a laissée. En tête, plusieurs chevaliers montés sur des chevaux portant blasons soufflent dans des trompettes.

De chaque côté de nous, sur le chemin de ronde, les guetteurs castillans y répondent. Plus bas, la foule accourt aux portes de la ville. Tout Palencia est en émoi. La reine de France, la mythique Aliénor d'Aquitaine, deux fois reine, mère de deux rois, va faire son entrée dans notre cité. Chacun sait qu'elle vient quérir l'héritière du trône de France au royaume de Castille, dont sa fille est reine, et chacun s'enorgueillit d'un tel honneur. Sous nos yeux passe le convoi, et nous comprenons, à son luxe et à l'attention qui l'entoure, que cette grande litière close de tentures de cuir richement ouvragées – lesquelles permettent de conserver la chaleur du *brasero* installé à l'intérieur – est celle qui transporte notre incomparable aïeule. Une main baguée et ridée les écarte à peine et s'agite lentement pour répondre aux vivats qui éclatent de toutes parts, célébrant joyeusement son entrée dans notre palais.

Nous contournons le donjon pour bénéficier d'une vue plongeante sur la cour intérieure du château. L'esprit n'est plus à rire. Les trompettes retentissent à nouveau lorsque la litière de la duchesse d'Aquitaine pénètre dans la cour. Notre père et notre mère, dans une éblouissante robe rouge bordée de petit-gris, l'attendent sur les premières marches du grand perron.

Des serviteurs en livrée écartent totalement, en un cérémonial aussi lent que solennel, les pans de cuir et prennent soin de les attacher afin que rien n'entrave la descente de la souveraine.

Deux chevaliers se postent de chaque côté, offrant leurs bras. Trois servantes se pressent pour arranger sa robe. L'une grimpe à l'intérieur et les deux autres se tiennent au pied de la litière. Aliénor émerge lentement. Je distingue sa guimpe, puis son buste couvert d'une fourrure blanche tachetée de noir. Elle déploie enfin sa haute taille, marquant un temps d'arrêt au seuil des marches de marbre.

Elle est grande, longue, sèche, arbore une discrète couronne d'or. La manière dont elle embrasse sa fille Aliénor de Castille, notre mère, ne laisse percer aucune émotion. Trop de public.

Notre mère, à l'inverse, lui baise la main avec une ferveur dont l'intensité me fait venir les larmes aux yeux. Notre père, roi de Castille, s'incline puis lui touche le bras à la manière d'un frère d'armes, geste plus adapté à l'accueil d'un soldat que d'une femme, fût-elle reine. Mais n'est-elle pas la seule au monde à conjuguer le féminin et le masculin dans sa façon unique de régner et de se comporter ?

Deux immenses chiens gris l'escortent. Vus de notre perchoir, ils ressemblent à des loups. Voire à des loups-garous. Mafalda et Fernando, loin d'être effrayés, concentrent leur attention sur ces animaux extraordinaires dont la présence éclipse, à leurs yeux d'enfants, celle de la duchesse reine.

C'est Urraca qui nous rappelle que notre fugue a atteint sa limite. Nous redescendons en silence et rejoignons nos appartements, en attendant d'être présentés à la grande reine. Et je sens bien que ma sœur a le cœur qui bat plus fort qu'à l'habitude.

Palencia, 25 janvier 1200

Le banquet de bienvenue a lieu sans nous. Ce premier soir est réservé aux adultes. Une sorte de festin d'apparat pour célébrer l'arrivée de la reine d'Angleterre. Jongleurs, troubadours, cracheurs de feu, joueurs de vielle, tout ce que notre royaume compte d'artistes est rassemblé. Nos parents veulent montrer à la duchesse reine que leur cour est en tous points digne de celle d'Aquitaine. Encouragés par la reine de Castille, sa propre fille, esprit, poésie et courtoisie ont su s'épanouir au sein de notre aride petit royaume.

Mère nous conte, le lendemain matin, la soirée qui vient de se dérouler.

Je remarque immédiatement ses yeux cernés que contredisent ses joues rosies d'excitation. Elle s'assoit nerveusement sur le lit d'Urraca, tandis que ma sœur et moi bondissons à notre tour sur la couche et la pressons de questions.

— Mère, décrivez-la, comment est-elle ? commence Urraca.

— Cette femme est un défi au temps. Elle vient de faire un voyage éprouvant mais demeure droite et digne. Aucune plainte, rien. Elle n'est pas de la trempe de celles qui gémissent, certes, mais je suis bien certaine qu'elle tait les douleurs occasionnées par les soubresauts de la litière.

— Mais encore ?

— Je l'ai retrouvée telle que dans mon souvenir :

impressionnante. À peine apparaît-elle que les voix se taisent. Tout en elle est royal. Son pas, décidé autant que maîtrisé. Son rire, le plus souvent retenu, qui sait aussi cascader en liberté. Son regard vert délavé par les ans, qui joue à volonté de la caresse, de la brûlure ou du fouet. Son cœur est noble mais, flairant un danger, peut se charger des plus noirs desseins. Elle est loyale mais rusée. Déterminée et méthodique. Sensible mais haïssant la sensiblerie. Éloquente et secrète. Téméraire et guerrière. Elle ne s'agenouille que devant Dieu. Telle est Aliénor d'Aquitaine, ma mère, devant laquelle je me sens si petite…

Sa voix fléchit. Ma sœur et moi l'entourons de nos bras :

— Mère, vous êtes une grande reine vous aussi !

— Peut-être, Blanca, mais Aliénor a une personnalité unique, taillée dans l'acier des épreuves. Je suis certaine qu'à la fin des temps, quand le monde sera fatigué d'être monde, les hommes se souviendront encore de cette femme d'exception.

Dans un même geste, Urraca et moi posons nos têtes sur ses genoux. Nous n'avons jamais entendu notre mère parler ainsi. La description qu'elle fait de sa mère nous effraie et nous intrigue à la fois. Il nous semble que la grande reine est une sorte de divinité, douée de pouvoirs surnaturels. Une fée fabuleuse et terrible.

Caressant nos cheveux, notre mère reprend :

— Vous lui serez présentées ce soir. Pour l'instant, elle se repose dans ses appartements. Elle a apporté sa baignoire, ses sels, savons et autres onguents qu'elle fait venir d'Orient. Elle a disposé des tapis et coussins brodés partout sur le sol, comme il est d'usage dans ces pays lointains. Des lampes à huile également, qui rendent, à la nuit noire, ses appartements aussi clairs qu'un plein midi d'été. Et je ne vous parle pas des miroirs ouvragés, des coffres sculptés, des boîtes précieuses dans lesquelles elle dissimule mille et un baumes aux vertus diverses. Sa chambre tient à la fois d'un palais des *Mille et Une Nuits* et d'une boutique d'apothicaire...

— Une baignoire ? reprend Urraca, les yeux agrandis de stupéfaction.

— Oui, ma fille, Aliénor se baigne chaque jour et se parfume aussi. Une servante est spécialement préposée à ses parfums. Elle en possède de toutes sortes. Chacun s'accorde à une saison, un jour ou un sentiment. Elle leur fait épouser ses états d'âme, un peu comme des instruments de musique et, les jours où son cœur ne veut pas se laisser capturer, elle peut passer des heures à les combiner jusqu'à trouver la note juste. Elle prétend qu'ainsi, chacun sait, à son sillage, dans quelle disposition se trouve son esprit.

— Mère, quelle robe vais-je porter ce soir ? demande soudain Urraca devenue pâle à l'idée, je le devine, de cheminer bientôt aux côtés d'une telle créature.

— Une tenue modeste qui sied à une jeune fille dont les qualités n'ont nul besoin d'artifices. Que dis-tu de celle en soie bleue aux reflets de tourterelle, dont le drapé met si bien en valeur ta poitrine et tes hanches généreuses ? La reine doit être rassurée sur ta capacité à porter les héritiers du prochain roi de France.

— Et moi ? hasardé-je, me rappelant que ma sœur se moque souvent de la négligence de ma mise.

— Toi, Blanca, tu n'as nul besoin d'impressionner par ta toilette. Ta chemise blanche à broderies, ton surcot et un mantel en loutre seront suffisants.

— Bien, mère.

— Soyez sages et pieuses, mes filles. Tout à l'heure, vous ferez face à Aliénor d'Aquitaine.

*

Il est un peu plus de trois heures quand le chambellan de notre père nous mande, Urraca, Fernando, Mafalda et moi. Nous sommes à la fois excités et terrorisés. Spécialement nous, les deux aînées, car les petits ne comprennent rien à la fièvre qui s'est emparée du château et chamboule leur quotidien douillet.

Les murs de la grande salle du palais sont entièrement recouverts de tapisseries. Au sol, des tapis forment une allée joyeuse jusqu'au siège où se tient Aliénor, encadrée de nos parents et de nombreux dignitaires.

Nous avançons vers elle. Formons une ligne, comme nous l'indique le chambellan, par ordre de naissance. Fernando et Mafalda se tiennent par la main, figés par la solennité du moment.

Aliénor trône sur le siège à haut dossier recouvert d'ivoire, d'or et d'argent. Lentement, son regard d'opale passe de l'un à l'autre. S'arrête, scrute, repart, revient. Nulle expression, sinon un profond intérêt. Nos parents nous enjoignent de nous approcher.

Nous sommes maintenant à portée de souffle. J'observe discrètement la couronne d'or de la grande reine, sa robe de soie cousue de fil d'argent, retenue par une ceinture étincelante de pierres précieuses dont le fermoir ouvragé retient un pan de fourrure aux reflets d'incendie.

— Voici donc vos enfants, ma chère fille… Venez à moi, les uns après les autres, que je vous discerne mieux.

Urraca, la première, s'abîme dans une révérence appliquée.

— Quel est ton nom ?

— Urraca, Majesté.

— Approche-toi que je baise ton front. Tu es l'aînée, n'est-ce pas ? Quel est ton âge ?

— Quatorze ans, Majesté.

— Je vois. Tu es déjà formée. Tiens-toi près de moi. Et comment se nomme cette fraîche jeune fille ?

— Blanca, Majesté. J'ai onze ans. J'aurai douze ans, plaise à Dieu, le 4 mars prochain.

— T'ai-je posé tant de questions, enfant ? gronde-t-elle alors, usant d'un ton qui me fait m'empourprer et ressembler à l'une de ces grosses grenades bien mûres dont nous nous régalons aux beaux jours.

— Je… je… je… Excusez-moi… Je ne voulais pas… je…

Devant mon embarras, elle laisse échapper un rire de jouvencelle. Aliénor s'est jouée de moi. Mais il lui a suffi d'une phrase pour rappeler qu'elle seule décide des questions. Et de se satisfaire, ou non, des réponses.

Fernando et Mafalda, apeurés par cette ogresse vêtue comme une fée, restent muets. Elle les fait, à leur tour, s'approcher. D'un geste empli d'une tendresse dont je ne l'aurais pas crue capable quelques instants auparavant, elle caresse tour à tour leurs cheveux. Elle est décidément déconcertante, cette duchesse reine que le destin nous a envoyée. Imprévisible et redoutable.

Père fait un signe et aussitôt le grand chambellan nous intime l'ordre de le suivre. Les présentations sont terminées.

*

— Félicitations, ma chère fille. Vos enfants semblent forts et de robuste santé. La cour de Castille porte en son sein des fruits prometteurs. Votre fille aînée, Berenguela, qui est mariée depuis trois ans avec le roi du Portugal, se trouve-t-elle bien de cette union ?

— Oui, mère, il semble qu'elle soit heureuse autant qu'elle puisse me le narrer dans ses missives. Mais les premiers temps d'un mariage ne le sont-ils pas toujours ?

— Pas toujours, ma fille, hélas… Pas toujours… Ce pour quoi il me revient de choisir avec sagesse la future épouse de Louis, l'héritier capétien.

— Je suis sûre qu'Urraca sera digne de cet honneur, mère.

— Ma fille, aucune clause ne précise l'identité de la future reine des Capétiens. C'est à moi seule d'en juger.

— Mais…

— Mais laisse donc ta mère s'exprimer, Aliénor. Tu

as toujours pensé que seule Urraca, par le fait qu'elle est l'aînée de nos filles en âge d'être mariées, serait l'élue. J'ai eu beau te rappeler que rien n'était décidé, tu n'as pas voulu m'écouter. La reine, ta mère, a raison. C'est à elle de choisir celle de nos filles qu'elle emmènera en France.

— Mais Blanca n'a pas encore douze ans, l'âge que la loi canonique impose désormais pour les épousailles !

Sévère, Aliénor lève une main.

— Blanca les aura le 4 mars prochain. Dans moins de deux mois. Elle l'a d'ailleurs elle-même précisé. Ce qui en fait, malgré ton entêtement, une candidate potentielle au trône de France.

— Mère, c'est impossible, Urraca ne s'en remettrait pas !

— Ma chère fille, lorsqu'il s'agit de choisir une future reine, les sentiments d'une mère n'existent pas. Et encore moins ceux d'une enfant. Seule la politique dicte la loi des alliances. C'est la règle depuis toujours et grâce à Dieu, c'est ainsi que le royaume Plantagenêt est plus puissant que jamais. Toi et moi en sommes la preuve vivante. Les princesses sont au service du pouvoir. À elles ensuite d'en conquérir des bribes. Je te prie de laisser là tout sentimentalisme. Ce serait indigne de ton rang. Il me semble comprendre que tu es allée un peu vite en te persuadant qu'Urraca serait l'élue. Un empressement dicté sans doute par ton affection. Mais les sentiments n'ont nulle place dans les affaires d'État. Je suis venue ici l'esprit ouvert. Louis le Capétien a en effet le même âge qu'Urraca, leur union paraît donc naturelle. Mais ma longue existence m'a appris à ne jamais acquiescer à l'apparente facilité des choses. La réalité est souvent trompeuse. J'aime apprécier une situation, la jauger longuement. Le temps, ma fille, le temps est notre maître… Lui seul, dans sa sagesse, guidera mon choix.

« Mais, allons ! je vais demeurer dans votre royaume assez de jours pour réchauffer mon vieux cœur malmené par les ans. Nous reparlerons de tout cela plus tard. Pour l'heure, je souhaite faire plus ample connaissance avec Urraca et Blanca. Leur jeunesse sera pour moi le plus bienfaisant des baumes.

— Bien, mère. Qu'il en soit fait selon vos souhaits.

Palencia, 26 janvier 1200

Notre mère semble soucieuse. Ce matin, elle me prie de me vêtir avec soin, de faire joliment tresser mes cheveux et de cesser de m'abîmer des journées entières dans la contemplation de parchemins enluminés.

Elle nous explique, à Urraca et moi, que la reine mère souhaite passer davantage de temps avec nous. Alors qu'Urraca la questionne sur le pourquoi de ce soudain intérêt, non pour elle seule, mais envers nous deux, elle lui répond sans la regarder :

— Elle veut rattraper le temps perdu, j'imagine. Se divertir de votre jeunesse. Les jeunes gens l'intéressent, leur manière de penser, de considérer l'existence. Elle est curieuse de tout, vous savez, et vous deux êtes les seules en âge de converser avec elle.

Puis, détournant les yeux, elle rabroue une servante qui passait par là, ce qui dans son cas est assez inhabituel : notre mère est douce comme une colombe et abhorre toute forme de querelle.

Lorsqu'elle fut partie, Urraca resta silencieuse un long moment.

Il me fallut user de bien des pitreries pour ramener un sourire sur son beau visage.

Palencia, 27 janvier 1200

La Castille. J'y suis enfin parvenue après ce voyage harassant à travers les Pyrénées. Au crépuscule de mon existence, si je regarde en arrière, je constate que ma vie entière n'a été qu'une succession de chevauchées sans fin, de guerres, de malheurs, de trahisons, de deuils, pour quelques rares et fugaces instants de bonheur.

Ce janvier glacial qui baptise d'un vent furieux le siècle naissant, tu ne le verras pas, mon fils. Tu es mort il y a neuf mois déjà. Je suis si loin de toi, Richard... Pourtant, à tout moment du jour et de la nuit, je rejoins par l'esprit le lieu où tu reposes. Je connais l'exact ordonnancement des heures, la litanie des offices : laudes, prime, tierce, sexte, none, vêpres, complies et même, au milieu de la nuit profonde, quand le chœur est illuminé par la seule clarté des grands cierges, vigiles. Les cloches du palais épiscopal de Palencia résonnent du même son et scandent le même temps que celles de Fontevrault. Tu appartiens à celui infini du Seigneur, désormais. Il me suffit de fermer les yeux pour entendre les cantiques des moines et moniales et les prières que, sans cesse, ils adressent à Dieu pour le salut de ton âme. Leurs chants soyeux tissent l'invisible équipage qui te mène jusqu'au Très-Haut, allège le poids de tes péchés, fait monter ton âme plus près de la Lumière. Je le sais, je le sens, mon chagrin ne doit pas entraver ton ascension. Il me faut te laisser gagner cet autre royaume où ni guerres, ni croisades, ni trahisons n'existent. L'Amour qui t'y attend est plus vaste que le mien. Il l'englobe et le contient, ainsi que le cosmos. Bientôt, je viendrai t'y rejoindre. Mon corps décharné, qui ressemble désormais à un squelette sur lequel s'accrochent d'improbables pans de chair, annonce l'inéluctable fin. Puisse le Seigneur me prêter la force de préserver le nom et la puissance des Plantagenêts tant qu'il me restera un souffle de vie. C'est la seule mission qui donne encore un sens à ce long chemin qui est le mien et qui s'achève dans les larmes et le sang.

Mais renoncer n'a jamais été de mon tempérament. C'est ainsi que tu m'aimais, guerrière. C'est ainsi que je suis née et que je mourrai : les armes au cœur. Et si ton trépas ne m'a pas abattue totalement, c'est que dans mes veines coule ce sang trempé de rage et de tempête, cette irréductible passion qui, toujours, me fait tendre vers le levant, en avant.

Mon amie Hildegarde de Bingen, moniale mystique et inspirée, est l'une des seules personnes à laquelle j'ai pu confier mes tourments intimes. Je conserve toujours notre correspondance et la relis quand les forces viennent à me manquer. *Ton esprit est comme un mur battu par la tempête. Tu regardes autour et tu ne trouves pas de repos*, m'admonestait-elle. Elle avait tellement raison. Elle parlait de moi comme d'une écuyère, disant que je dansais au bord des précipices comme seuls les démons, les chevaux et les anges le font, épousant le sens des vents, insaisissable et folle. Tantôt aspirée par le vide, tantôt par le ciel, mais debout, inlassablement.

Blottie sous les draps castillans, entre les tentures qui ferment mon lit couvert de fourrures, je repense à ces quelques mois sans toi qui ont été parmi les plus intenses de mon existence.

Je n'ai pas eu le temps de te pleurer. Sitôt que je t'eus

installé dans ta dernière demeure, il me fallut parer au plus pressé : préserver notre royaume des prétentions au trône d'Angleterre de ton jeune neveu, Arthur de Bretagne, manipulé par sa mère, Constance, ennemie acharnée des Plantagenêts. Car, même si Jean n'est ni le fils ni le roi dont j'aurais rêvé, il est néanmoins ton frère et, à ce titre, habilité à te succéder. Je me dressais de toutes mes forces devant l'idée d'un roi-enfant et d'une régence maternelle forcément maléfique.

Jean serait le nouveau roi d'Angleterre, il le fallait. Coûte que coûte.

Après ton trépas, les nobles anglais et normands se rallièrent sans hésiter à Jean, tandis que ceux d'Anjou, du Maine et de Touraine préférèrent se placer sous la tutelle du jeune Arthur. Situation complexe propre à réjouir le roi capétien, Philippe Auguste : les dissensions au sein de notre famille ne pouvaient que conforter ses positions.

Il me fallait réagir. Secouant mon chagrin, je pris donc la route. Escortés par ton fidèle Mercadier et ses troupes de mercenaires, nous ravageâmes par le feu et les armes les terres des seigneurs angevins ayant fait allégeance à Arthur, mon petit-fils félon. Angers capitula. Je décidai de pousser plus bas encore, mue par la nécessité de pacifier coûte que coûte les terres Plantagenêt et d'éviter ainsi toute révolte qui pourrait nuire à Jean.

Si j'interroge les tablettes sur lesquelles je consigne les faits importants de ma vie, je constate quel tourbillon ont été les jours suivant ta mise au tombeau.

Le 29 avril 1199, j'étais à Loudun. À Poitiers, chez moi, le 4 mai. À Montreuil-Bonnin, le 5. Puis suivirent, à galop forcé, Niort, Andilly, La Rochelle, Saint-Jean-d'Angély et Saintes, en juin. Enfin Bordeaux, au levant du premier jour de juillet, et Soulac, quatre jours plus tard. Pour ne pas perdre de temps, je m'astreignais à monter mon propre cheval. Je ne ressentais rien, insensible aux douleurs de la vieillesse qui se rappelaient constamment à moi. Les sabots de nos montures soulevaient une poussière qui brouillait mon chagrin et faisait écran aux souvenirs.

Je me concentrais sur l'action. Je réfléchissais vite, agissant avec fermeté et conviction. Chaque décision signait ma détermination.

Dans les villes, je rassemblais laïcs et ecclésiastiques. Aux premiers, je concédais nombre de chartres de franchise communales qui m'assuraient en retour du soutien militaire de la population, si Jean venait à en éprouver le besoin. Aux seconds, j'accordais moult chartres de privilèges : la protection des religieux était aussi nécessaire que celle des bourgeois.

Ainsi, je composais une immense armée invisible qu'il suffirait de convoquer pour qu'elle se mette en action.

J'aimais la stratégie et, plus que tout, désarçonner mes ennemis par un sens de la tactique peaufiné au fil des années. Je jubilais intérieurement lorsque je fis allégeance de mes terres poitevines à Philippe Auguste, ôtant ainsi toute légitimité à une éventuelle revendication d'Arthur sur le Poitou. Dans le même temps, je souscrivais une chartre par laquelle je concédais toutes mes terres à Jean qui, à son tour, m'en faisait hommage et promettait de n'en rien aliéner. Duchesse d'Aquitaine j'étais, duchesse d'Aquitaine je resterais. Le roi de France Philippe Auguste devrait donc traiter directement avec moi, et non avec Jean, devenu son arrière-vassal. Ainsi déployé, l'astucieux bouclier juridique que j'avais imaginé protégeait mon duché des appétits du jeune Arthur. Échec et mat. Le roi de France s'est avéré un simple pion entre mes mains gantées de cuir.

C'est grâce à cette inextinguible soif de puissance, portée par la volonté de conserver ton royaume et de le léguer, intact et plus fort que jamais, à ton jeune frère, que je restais debout. J'oubliais même, certains jours, que tu n'étais plus.

Galvanisée par ce pouvoir qui a toujours guidé ma vie, je m'y abandonnais comme dans les bras ardents d'un amant.

Mais mon existence est ainsi, qui ne connaît pas le repos : toujours quelque traître orage vient la foudroyer alors que le vent semble en avoir chassé les nuages.

Aurais-je abandonné quelques-uns de mes privilèges contre une vie plus douce ? Je ne crois pas. L'orgueil domine en moi malgré mes actes quotidiens de contrition.

Mon miroir, ce soir, m'annonce ce que je sais. Je ne suis qu'apparence. Je trompe chacun sur mon compte. On me vénère, on me loue, on me chante, on me conspue aussi. Et après ? Je suis une forme vide, sur laquelle le bruit des louanges et des injures glisse sans l'atteindre. Le surplus de malheur a émoussé ce qui restait de tendre en moi. Fallait-il, Seigneur, après m'avoir enlevé Richard, que vous me ravissiez Jeanne ? Quand cesserez-vous donc de me voler les miens ? De me condamner à revivre, après celle de mon fils, l'agonie de Jeanne qui, maltraitée par son mari violent, Raymond de Toulouse, avait trouvé en elle la force de s'enfuir, enceinte, pour enfin me rejoindre, il y a quatre mois à peine ? Jeanne la douce qui mourut dans mes bras, à Rouen, en donnant la vie à un enfant qui ne survécut pas. Jeanne dont la dépouille a rejoint celle de Richard à Fontevrault.

J'ai engendré dix enfants. Dix ! N'ont survécu à ce jour qu'Aliénor de Castille et Jean, le nouveau roi d'Angleterre. Quel carnage, Seigneur… Et moi, je suis là, vieille comme peu l'ont déjà été, la vie accrochée à mon être comme une sangsue, cette vie qui ne me laisse pas en paix et me commande de continuer encore et toujours. Combien de temps ?

Palencia, 28 janvier 1200

Un soleil transparent givre la grande plaine que domine notre palais de Palencia. Père nous demande de l'accompagner lors de la visite qu'il souhaite faire à l'école qu'il a fondée, accolée à la cathédrale. Il est impatient de la faire découvrir à la reine Aliénor, follement éprise de culture.

Nous partons en groupe, Aliénor escortée d'une suite de dix personnes, tandis que père – que je soupçonne de vouloir rivaliser avec la reine – a réquisitionné les hauts dignitaires de sa cour et pas moins de douze chevaliers. Urraca, notre mère et moi fermons la marche.

Nous nous frayons un passage dans le dédale des rues de Palencia. Marchands de laine ou de grain, forgerons ou bouchers hèlent joyeusement les passants, tout heureux que le soleil requinque un peu leurs affaires. Le vent pique nos joues. Les dernières plaques de verglas se languissent, traîtresses, à l'ombre des murailles. Notre père marche lentement, afin de ne pas fatiguer la reine mère que seuls quelques pavés disjoints ici et là font trébucher et saisir son bras.

Nous arrivons devant le Studium Generale.

Malgré le froid matinal, plusieurs étudiants discutent sur le parvis.

Père a voulu cette école à l'instar de celles d'Oxford, Bologne ou Paris. Le savoir lui paraît la clé de l'avenir, un absolu nécessaire au rayonnement de son royaume. Devant la façade, je me glisse à ses côtés pour l'écouter expliquer à la reine qu'on y dispense deux cycles d'enseignement : le *trivium* (grammaire, rhétorique et logique) et le *quadrivium* (arithmétique, géométrie, astronomie et musique), pour y briguer un diplôme de théologie et d'arts libéraux. On peut aussi y étudier le droit avec des professeurs renommés. Tout cela me paraît aussi fascinant qu'abstrait. Mais je pressens qu'il voit juste, que le savoir est la clé d'une existence plus juste, pour soi autant que pour les autres. Je fais signe à Urraca de s'approcher, elle m'adresse un discret petit signe de refus. Les discours l'ont toujours ennuyée.

Père s'anime en racontant qu'un étudiant particulièrement doué, du nom de Dominique de Guzmán, vendit un matin tous ses livres pour acheter du pain aux pauvres en déclarant : « Comment puis-je étudier sur des peaux mortes quand mes frères meurent de faim ? » Il y a quatre ans, le prieur du chapitre des chanoines réguliers d'Osma, à quelques kilomètres de là, lui a enjoint de le rejoindre. Il y est sous-prieur et, devant son talent pour la prédication, il se murmure que Dieu l'a élu pour devenir saint.

La vieille reine sourit, presse mon père de questions. Elle est si passionnée par ses récits et la découverte de l'école qu'elle me semble soudain moins intimidante et peut-être, aussi, un peu moins triste.

Toute la matinée, nous déambulons en cortège au sein des salles d'enseignement. Aliénor demande parfois à s'asseoir au hasard de l'une d'elles. Elle écoute alors attentivement la leçon en cours. L'un des éminents professeurs de théologie, sans doute troublé par la royale présence, est alors pris d'un irrépressible bégaiement.

Urraca et moi dissimulons à grand-peine nos fous rires.

Le soir, après le souper, la duchesse reine nous fait mander dans sa chambre.

Elle a ouvert les rideaux de son lit et nous nous glissons,

ma sœur et moi, sous les peaux d'ours et de loup, réchauffées par le feu qui donne à la pièce des airs de crépuscule. Elle a fait disposer sur de larges plateaux d'argent finement gravés des épices de chambre ainsi que des galettes en forme de croissant, fourrées d'amandes et de miel. Des infusions d'anis, de menthe sucrée ou de coriandre – elle en raffole – nous sont servies dans de petits verres de cristal d'un bleu profond, gravés à ses initiales. Elle nous souffle qu'ils viennent de Constantinople où l'on se régale de ces étranges breuvages. Deux servantes se tiennent de chaque côté du lit. Un regard ou un imperceptible geste d'Aliénor suffisent pour qu'elles exécutent aussitôt l'ordre, aussi muet qu'impérieux.

Grisées par la découverte de ces saveurs aussi exotiques que délicieuses, Urraca et moi en oublions toute timidité envers notre aïeule et pépions comme un colloque d'hirondelles.

Elle fixe sur nous ses immenses yeux clairs, menant la conversation au gré de ses envies, reprenant l'une, encourageant l'autre, curieuse, attentive, bienveillante.

Lorsque Urraca lui confie que je ne m'endors jamais sans avoir composé quelques poèmes ou prières de mon invention, elle demande aussitôt à en prendre connaissance. Je manque m'étouffer avec ma gourmandise à la fleur d'oranger. Avant que je ne puisse articuler un son, ma sœur a déjà acquiescé pour moi et, en un saisissant raccourci dont elle a le secret, s'enhardit à demander à la reine quel est le plus beau bijou en sa possession.

Aliénor lève un doigt et l'une des servantes disparaît dans un coin de la pièce avant de lui présenter un coffret d'un blanc presque translucide. Les principaux épisodes de la vie de Marie, mère de Notre-Seigneur Jésus, y sont sculptés avec une délicatesse qui me fait venir les larmes aux yeux. Je ne peux détacher mon regard des animaux fabuleux qui y sont représentés, accompagnant les Rois mages dans leur adoration. Sur l'une des faces, les cicatrices sur le corps du

Christ et les larmes de Marie semblent vivantes. Je reste interdite, la bouche barbouillée de miettes, les yeux embués, fascinée par le réalisme de l'ouvrage. Urraca me donne un léger coup de coude : le contenu l'intéresse davantage que le contenant. Je lève des yeux humides vers Aliénor qui me fixe, un léger sourire aux lèvres.

— C'est de l'ivoire, et le plus fin qui soit. Un chef-d'œuvre qui m'a été offert par mon oncle, Raymond d'Antioche, lors de la deuxième croisade. J'y tiens beaucoup.

Elle fait jouer le fermoir d'or fin ouvragé. Le coffret s'ouvre. Sur un lit de soie écarlate repose un grand diamant de forme oblongue, taillé en une multitude de facettes. Elle le détache de la chaîne d'or qui le retient et le fait miroiter à la lueur des bougies. La pierre paraît alors s'animer, prendre vie, respirer. Elle jette des feux intenses, capricieux, en une hypnotique sarabande chromatique.

Urraca et moi, muettes et fascinées, contemplons le joyau.

Aliénor le pose au creux de sa paume ouverte et il me semble le voir palpiter, semblable au cœur léger des salamandres qui grimpent, l'été, sur les murs de notre château.

— Cette pierre à nulle autre pareille vient d'Orient. Louis VII, roi de France, alors mon époux, me l'a offerte... Il me semble parfois qu'elle possède une vie propre, qu'elle mène, silencieuse, à l'abri de son coffret. Elle a traversé le temps et, longtemps après moi, me survivra.

— Justement, que deviendra-t-elle à votre... votre...

Ma sœur stoppe net la phrase qui est venue spontanément à ses lèvres. Je la regarde, horrifiée.

— Tu veux dire « à ma mort », Urraca ? demande Aliénor dont les lèvres dessinent un fin sourire ironique.

— Eh bien... c'est-à-dire... Je ne voulais pas...

Aliénor d'Aquitaine fiche alors ses yeux d'opale dans ceux de ma sœur et conclut sur un ton absent, presque détaché :

— Ce diamant reviendra à la reine de France.

Palencia, 29 janvier 1200

Le lendemain de ce que nous appelâmes, ma sœur aînée et moi, « l'incident du diamant », la vieille reine se fait annoncer dans nos appartements.

Urraca assiste à l'une de ses innombrables leçons de maintien.

Je suis en train d'étudier un texte latin sous la direction d'un chanoine. Lorsque Aliénor d'Aquitaine entre, le religieux plonge dans un profond salut et recule pour sortir.

Elle se penche au-dessus de mon livre ouvert :

— Ovide. Excellent choix. C'est l'un de mes auteurs latins préférés.

Elle parcourt ensuite les quelques lignes que j'ai tracées sur ma tablette de cire.

— Je dois avoir commis quelques erreurs... balbutié-je.

— De quoi s'agit-il ? demande-t-elle en prenant place sur un des grands sièges qui ornent la pièce. Raconte-moi le passage que tu étudies.

Enhardie par la gaieté de sa voix, je me lance :

— Actéon, fils d'Aristée et d'Autonoé, est un jeune homme qui, par une chaude journée, surprend Artémis dans son bain. Furieuse, Artémis chasse Actéon et, pour se venger, le transforme en cerf afin qu'il soit poursuivi puis dévoré par ses propres chiens, qui ne voient en lui qu'un vulgaire gibier.

— Et que t'inspire cette histoire ?

— Je comprends la réaction d'Artémis. Je n'aimerais pas du tout être surprise dans mon bain, déclaré-je.

La vieille reine me regarde, amusée :

— Certes, mais encore ?

— Il me paraît juste qu'Actéon soit puni pour son acte inexcusable. Mais...

— Mais ?

— Fallait-il être si cruelle et le transformer en cerf, sachant très bien que ses chiens allaient le tailler en pièces ?

— Hum... Et qu'aurais-tu fait, toi, Blanca, en lieu et place de la déesse Artémis ?

— Je l'aurais changé en cerf, certainement, mais je n'aurais pas lâché les chiens. La punition m'aurait semblé suffisante. Les chasseurs se seraient chargés de la sale besogne.

Une ombre de sévérité glace soudain les traits d'Aliénor. Sa voix siffle.

— Mon enfant, la clémence est faiblesse. Que l'on soit déesse, reine ou simple mortel. Toute punition doit être exemplaire. Pas d'hésitation. Pas de pitié. Actéon aurait pu aussi user d'un stratagème. Se battre. Il lui aurait fallu être un peu moins stupide et un peu plus courageux, ne crois-tu pas ?

Impressionnée mais pas désarçonnée, je poursuis.

— C'est possible... Néanmoins, ne devons-nous pas, qui que nous soyons, nous conformer aux Saintes Écritures et pardonner comme le fait Jésus ? Le devoir d'un chrétien n'est-il pas d'ignorer la haine et de n'avoir que compassion pour le mal qui nous est fait ?

Je regrette aussitôt ma hardiesse. Pour l'avoir contredite, j'ai sans doute déclenché sa colère, inconsciente que je suis ! Je sens le feu envahir mes joues et mes jambes se mettent à trembler. Embarrassée, je me tais, ne sachant ni que dire ni que faire.

Elle se lève, saisit mon menton et relève mon visage. Le faisceau de son regard perce en moi d'insondables clairières.

Elle sourit et caresse ma joue avec une tendresse si exigeante que la pression de ses doigts me fait presque mal.

— Enfant, l'Antiquité n'est pas notre temps. Recevoir le pardon de Jésus, c'est d'abord accepter d'en avoir besoin. C'est qu'il faut d'abord avoir reçu son pardon, avant d'être à même de pardonner à son tour. Moi, je ne peux pardonner si je pense à ces milliers d'hommes et de femmes jetés sur les routes dangereuses d'Orient au nom de la croisade. Tous ces morts, par milliers… Faut-il pardonner aux mahométans de violer nos sanctuaires, d'égorger les chrétiens, de vouloir imposer leur foi impie en place de celle de notre Seigneur Jésus-Christ ? Faut-il pardonner, crois-tu, si Jésus lui-même, son Saint Nom, est bafoué ? Si on décapite le plus grand, le plus valeureux des chevaliers chrétiens pour offrir sa tête à un calife hérétique, comme les mahométans le firent de mon oncle Raymond d'Antioche ?

Sa voix enfle comme le Carrión en plein hiver, quand les pluies charrient ses eaux boueuses et désordonnées.

Je ne sais quelle force je puise en moi pour avoir le courage de lui répondre, soutenant son regard :

— Non, Majesté, non, vous avez raison, on ne peut pardonner. Mais peut-être un jour, Dieu le fera-t-il ?

Ma phrase la laisse une fraction de seconde interdite. Je vois tressaillir les paillettes d'or au fond de ses prunelles. Elle esquisse un petit geste las, comme pour chasser une mouche importune.

— « L'Éternel terminera ce qu'il a commencé pour moi. » Poursuis ton étude et médite les Psaumes, enfant.

Et, claquant dans ses mains pour signifier à ses suivantes de la suivre, elle quitte la pièce sans autre forme de procès.

Palencia, 1er février 1200

Ma grande sœur se jette dans mes bras, secouée de sanglots.

Tout en la pressant de questions, je redoute qu'il ne soit arrivé malheur à l'un des nôtres.

Elle parvient enfin à articuler :

— Tu es mandée dans la grande salle d'honneur. Hâte-toi.

— Mais que se passe-t-il, Urraca ? Je ne veux pas te laisser dans cet état.

— Ordre d'Aliénor.

Je sais que cela ne se discute pas. J'attire ma sœur vers le lit, l'installe au milieu des coussins et appelle une servante pour veiller sur elle. En attendant qu'elle arrive, je commence à lui tamponner le visage avec un linge imbibé d'eau de rose, puis me dirige vers la porte. Derrière les battants, le chambellan m'attend.

Mon cœur bat et cogne à mes tempes. Pourquoi Urraca est-elle en proie à un tel chagrin ? Pourquoi suis-je ainsi convoquée par la reine ?

J'arrive essoufflée dans la salle du trône. Au fond, mon père et ma mère encadrent Aliénor, comme lors de notre présentation. Un petit groupe de prélats, secrétaires, diplomates et autres personnages d'importance se tient légèrement à l'écart. Je sens leurs regards fixés sur moi.

Je suis frappée par l'extrême pâleur de ma mère, sans avoir d'ailleurs le temps de m'y attarder. Le chambellan me conduit devant mon père qui se lève et pose solennellement ses mains sur mes épaules :

— Blanca, ma chère fille, la reine Aliénor d'Aquitaine, en sa toute-puissance et infinie clairvoyance, et en vertu des pouvoirs qui sont les siens pour assurer la plus juste des unions entre le royaume de Castille et celui de France, a décidé de t'accorder la bénédiction infinie d'épouser le prince Louis, héritier capétien. Par la grâce de Dieu, tu seras reine de France, ma fille.

Je regarde successivement mon père, ma mère dont les yeux s'emplissent de larmes, et Aliénor qui me fixe, impassible. La tête me tourne. À cet instant précis, j'entrevois que c'en est fini de l'enfance, de l'insouciance joyeuse des courses dans les couloirs du château, des chasses au canard sur le Carrión avec Fernando, des jeux de poupées avec Mafalda, des nuits sans fin à tisser, Urraca et moi, l'étoffe de nos rêves. Un vide immense me saisit. Inutile de protester, d'arguer de l'injustice de la décision : ce serait trahir mon sang. La solennité de l'instant me commande de me jeter à terre. Je baise respectueusement la robe d'Aliénor et murmure, en relevant la tête, les mots qui me viennent à l'esprit, ceux que mon éducation royale dicte presque mécaniquement à mes lèvres sèches :

— Dieu puisse-t-il vous donner raison, Majesté. De cet instant et jusqu'à mon dernier souffle, je lui en rendrai grâce et aurai à cœur de me comporter en tous points comme une souveraine. Que notre Seigneur me prenne en pitié. Pour cette si vaste tâche, j'en appelle à vos prières.

Reine de France. L'honneur est immense. La contrepartie exorbitante. Être responsable de la souffrance d'Urraca m'est insupportable. J'ai la sensation de l'avoir trahie, de gâcher sa vie, par maladresse ou par mégarde, comme lorsqu'on écrase, au détour d'une allée détrempée, un de ces petits escargots zébrés qui semblent s'ingénier à se glisser sous vos pieds.

Tandis que chacun me dévisage en souriant et qu'un feu brûlant consume mes joues, je m'enhardis, tant pis, à poser la question entre toutes essentielle :

— Mais… Urraca ?

Mon père pose de nouveau sa main sur mon épaule :

— Dieu a prévu pour Urraca un autre destin, un autre trône. J'y réfléchis. Elle fera, elle aussi, un beau et riche mariage, comme toutes les infantes de Castille. Ta sollicitude à l'égard de ta sœur t'honore, Blanca, mais les affaires d'État ne sont pas affaire de sentiments. Ainsi cette décision a été prise, ainsi elle sera mise en œuvre. De plus, les émissaires français venus avec la reine Aliénor ont souligné combien il serait difficile de s'habituer à son prénom, qui résonne étrangement aux oreilles des Francs : Urraca signifie « pie »… Urraque, la reine Urraque… Les Capétiens n'auraient jamais accepté une reine au nom si curieux.

Je devine, au fond de mon cœur, que l'obstacle linguistique suscité par le prénom Urraca est un simple prétexte, pis, un vulgaire mensonge : le roi Philippe Auguste a bien épousé une reine nommée Ingeburge…

Alors pourquoi ? Pourquoi avoir brisé ma sœur de chagrin en me préférant moi, Blanca, qui ne suis ni si belle, ni si spirituelle, qui ne sais pas m'arranger et qui ne suis bonne qu'à rêver ?

Palencia, 7 février 1200

Les jours s'échappent de ma mémoire comme le sable coule entre les doigts. Le lendemain de l'entretien qui a bouleversé ma vie et celle de ma sœur s'ouvrent à Palencia les fêtes de la Chandeleur.

Les cuisiniers s'affairent. Remonte alors, le long des corridors, l'odeur délicieusement écœurante des beignets frits dans la graisse. Dans les foyers, chacun se prépare à la procession des saints qui s'absentent un instant de leur châsse pour une promenade cahotante à travers les ruelles.

Fernando et Mafalda sont surexcités. Ils ressentent la fièvre qui s'est emparée de notre demeure habituellement si tranquille.

Moi, je passe de main en main, molle et docile. Les servantes s'activent à reprendre les tenues créées pour Urraca, afin de les ajuster à ma taille. Je suis fluette, plus petite aussi : mère me compare à un frêle échassier des marais.

Au vu de l'échéance du départ, le rythme de mes leçons est devenu infernal. Danse, chant, maintien, latin, langue d'oc et langue d'oïl, histoire, écriture... de même que les entrevues avec l'archevêque de Bordeaux, monseigneur de Malemort, grand ami de la reine Aliénor, chargé de parfaire mon éducation religieuse.

Je vis ces jours comme en dehors de moi-même, spectatrice de ce ballet, victime consentante partagée entre joie et terreur. Je ne peux être heureuse : ma sœur ne cesse de pleurer, maigrit à vue d'œil et me jette des regards lourds de suspicion. Elle m'évite, surtout. S'arrange pour être absente lorsque je rentre dans nos appartements. Elle délaisse tout ce qu'elle a aimé, jusqu'aux jeux avec Fernando et Mafalda, jusqu'à Guapo, notre écureuil apprivoisé. Elle refuse même de participer aux chasses à l'épervier, elle qui adore les courses effrénées où le vent mord le sang.

Après avoir longuement prié et demandé conseil au plus profond de mon cœur à la Vierge Marie, je me résous à affronter cette citadelle de souffrance. Je viens, un soir, me glisser à côté d'elle sous les peaux de bêtes qui réchauffent son lit. Je lui prends la main qu'elle consent à laisser, absente et lourde, dans la mienne. Je lui demande pardon. J'ai la sensation d'avoir commis une faute. D'être responsable malgré moi de son malheur.

— Tais-toi, petite sœur, ce n'est pas à toi de me demander pardon. C'est à moi de le faire envers toi. J'ai tellement cru que j'allais être reine de France, tellement voulu épouser le jeune prince Louis... Mais Aliénor m'a rejetée. Pourquoi ? L'ai-je contrariée en la questionnant à propos du diamant ? Instinctivement, j'ai senti qu'elle te préférait. Dès le premier jour... Sans doute suis-je moins intelligente, pieuse et sage que toi ? Je t'en veux et je m'en veux de t'en vouloir, mais c'est ainsi. Je me sens laide, stupide, ignare, indigne. Celle qu'on délaisse. Celle qui va rester seule, celle dont aucun prince ne voudra jamais. Celle qui ne vaut rien...

La nuit fut longue à bercer son chagrin.

Au cœur de ces heures de tumulte, je croise peu Aliénor. Elle ne s'invite plus à l'improviste dans nos appartements. Elle s'enferme des heures entières avec ses secrétaires, les émissaires français, les ambassadeurs, les juges, et notre père, pour discuter des clauses du contrat dont je suis le prix, de ma dot, des terres que j'apporte au royaume de

France. La duchesse reine représente son fils, Jean, roi d'Angleterre, et ne cède aucun pouce de terrain dès qu'il s'agit des intérêts Plantagenêt. Père la dit redoutable négociatrice, rusée et tacticienne de génie. Il ne fait pas bon être son ennemi.

De plus en plus souvent, on m'associe aux repas. J'écoute troubadours et ménestrels. J'aime particulièrement l'un d'eux, Aimeric de Péguilhan, et lui réclame souvent l'une de ses compositions. J'ai l'impression qu'il y parle de moi.

Aujourd'hui je sais que je chante pour rien.
Tristement je chante
Comme l'oiseau sauvage
Qui se voit pris au piège et pourtant ne cesse
De chanter… Voilà pour moi.

Palencia, 13 février 1200

Voilà pour moi. Mon chariot attend dans la cour d'honneur.

Dire adieu à mes sœurs, à mon petit frère, à notre palais de Palencia me brise le cœur. Je ne reverrai sans doute jamais ces êtres, ce lieu que je chéris plus que tout au monde.

Urraca et moi nous enlaçons longuement, sans essayer de retenir nos larmes. Du jour de notre naissance, nous savions que nous serions un jour ou l'autre séparées, destinées à enfanter dans de lointaines contrées. Mais tout cela avait un ordre, une logique.

D'abord, les filles aînées partent, mariées au gré des alliances politiques et diplomatiques. Impatientes d'être choisies, les cadettes se préparent à leur tour, s'inspirant du modèle de leurs aînées, rêvant de les éclipser par une union plus puissante encore. Ainsi va la chaîne des princesses royales qui, s'étreignant, se séparent pour mieux permettre aux suivantes de tenir les promesses de lendemains incertains. Mais Aliénor a brisé cette harmonie rituelle. Elle a préféré la cadette à l'aînée et, ce faisant, déstabilisé tout l'édifice patiemment érigé de départs acceptés, d'adieux approuvés.

Bien sûr, il nous faut mourir à notre enfance pour créer de nouveaux liens, bâtir à notre tour ce fragile édifice qu'on nomme une famille. Nous l'acceptons : nous sommes nées pour cela. Mais pas comme cela.

Protester aurait été vain et nul n'y a songé. Tout est bien, et l'honneur fait à notre famille est si grand que chacun remercie Dieu d'y avoir pourvu. Il n'y a rien à dire. Juste s'incliner. Et remercier.

Mes parents feront la route avec nous jusqu'au monastère cistercien Santa María la Real de las Huelgas, dans la prospère cité de Burgos, voisine de Palencia. Ma mère, installée près de moi dans une chaude litière, m'adresse un vaillant sourire. Mon père caracole en tête du convoi, escorté de Martin Pérez, son porte-étendard, et de don Carlos Espinosa de los Monteros, son frère d'armes et homme de confiance. Père a demandé à ce noble chevalier, que je connais et estime depuis l'enfance, de m'escorter personnellement et de veiller sur moi à chaque instant de ce long voyage. Le convoi s'ébranle en direction du monastère. Ma mère, dont la douceur dissimule une foi exigeante, a voulu sa création au moment de ma naissance. Je la taquine souvent en lui disant que Las Huelgas est ma sœur jumelle – et sa préférée. Elle voue à ce lieu une absolue passion et nourrit pour lui les plus saintes ambitions.

Son monastère abrite aujourd'hui l'élite de la foi. Les jeunes filles de la noblesse castillane sont nombreuses à y prononcer leurs vœux. Mon père l'a doté de terres et d'un hôpital. J'aime à y venir avec notre mère, et nous y résidons souvent, en famille. Avec le cloître, la bibliothèque est mon lieu préféré. Beaucoup plus importante que celle de notre palais de Palencia, elle abrite des trésors que je ne me lasse pas de parcourir. J'y disparais aussi souvent que possible.

Burgos,
Santa María la Real de las Huelgas,
14 février 1200

Le cloître de Santa María compte douze arches, soutenues par des doubles piliers. Sur le chapiteau de chacune d'elles s'enchevêtrent feuilles stylisées, volutes maîtrisées, roues et rosaces dentelées. La pierre, ainsi sculptée, livre une version esquissée de la végétation de notre royaume. Elle en fixe le mouvement, en restitue l'ordonnancement. Mais sans l'outrepasser. Juste assez pour rappeler que la nature est l'œuvre la plus accomplie de Dieu, mais qu'il y a plus important que cela : le salut de l'âme, qui ne saurait souffrir aucune distraction.

Tout au long des années nécessaires à l'édification du monastère – et il reste encore de nombreux bâtiments en chantier –, j'ai observé les tailleurs de pierre à l'œuvre.

Aux beaux jours, lorsque nous accompagnions notre mère surveiller l'avancée des travaux, j'échappais souvent à sa vigilance pour m'asseoir à l'ombre et regarder les outils des artisans entailler la chair de doux calcaire, la façonner. Mon motif préféré orne un des piliers centraux et se répète quatre fois, comme pour répondre aux points cardinaux. C'est une immense feuille, une sorte de palme, dotée de larges rainures se rejoignant en son centre. De chaque côté monte une tige qui, se courbant, vient couronner la feuille d'une sorte de fruit. À moins que cela ne soit une fleur. Une multitude de petits pétales l'arrondissent. Ils évoquent une promesse, quelque chose qui appelle la naissance, l'abondance, la famille, l'avenir. J'ai bien sûr questionné le tailleur de pierre à l'origine de ce curieux motif. Il était, comme la plupart de ses compagnons, de Tolède. Il me répondit qu'il fixait dans la pierre l'idée qu'il se faisait des fruits du paradis.

En surprenant la scène, doña Misol, la mère abbesse, l'a sévèrement tancé. Elle l'a même menacé de le chasser du chantier s'il osait de nouveau m'adresser la parole.

Aujourd'hui, le tailleur de pierre a disparu, le cloître est depuis longtemps terminé, mais j'ai toujours rendez-vous avec ce motif-là, qui m'emporte instantanément vers un ailleurs où les fruits ressemblent à des fleurs.

En ce mois de février 1200, alors que le grand monastère sera dans quelques jours le lieu de mon départ pour la France, je veux voir en cet immuable ornement le symbole de notre famille, comme de celle que je m'apprête à construire avec ce fiancé inconnu, dans ce lointain royaume.

Je ne quitte pas ma mère, profitant, pour une fois, de l'absence de mon frère et de mes sœurs pour l'accaparer. Elle est chez elle dans ce monastère qu'elle a voulu. Elle compare l'attachement qu'elle a pour lui à celui d'Aliénor d'Aquitaine pour l'abbaye de Fontevrault. Mon père et elle ont décidé que Las Huelgas serait la nécropole de la famille de Castille, tout comme Fontevrault est devenue celle des Plantagenêts.

Les armes de notre royaume, ce château d'or donjonné de trois tours, ouvert et ajouré d'azur, s'imposent partout hors des lieux sanctifiés. Mon sang se gonfle d'orgueil à sa vue, et je suis fière des victoires de mon père, boutant toujours plus loin les infidèles hors de notre royaume.

Il me faut pourtant dire adieu à tout cela.

Burgos,
Santa María la Real de las Huelgas,
19 février 1200

— Prends soin d'elle, Blanca. Prends soin d'Aliénor, venue de si loin chercher la future reine de France.

Les mots de mon père me laissent interdite.

Il me semble que c'est à Aliénor de me protéger, et non l'inverse. Pourquoi en aurait-elle besoin, d'ailleurs, elle qui est comme un chêne, droite, inflexible, traversant les tempêtes sans jamais vaciller ?

Je ne l'ai guère vue, la grande Aliénor, jusqu'à ce matin pâle et gris. L'immense convoi est prêt à prendre la route menant de Burgos à Bordeaux, où m'attendent les émissaires français. C'est une longue file de chariots, de chevaux et de bœufs. Une ville en mouvement qui comprend serviteurs, brodeurs, lingères, palefreniers, suivantes, cuisiniers, clercs, religieux – dont monseigneur de Malemort –, mais aussi plusieurs de ces troubadours dont la reine Aliénor ne peut se passer. Des soldats, censés nous protéger des bêtes sauvages et autres pillards attirés par les tonneaux emplis de l'or de ma dot, sont répartis tout au long du cortège. Des centaines d'étendards claquent au vent : les léopards sur fond d'or du royaume d'Angleterre, mêlés aux tourelles castillanes. Mon royaume m'escorte sous le vent.

J'ai mon propre équipage, une grande litière ceinte de cuir épais dans laquelle je peux m'installer, assise ou allongée, et qu'un *brasero* tente de réchauffer. J'emmène avec moi

Elvira, ma servante préférée. Bien qu'Aliénor m'oblige, en sa présence, à parler le langage des Francs, dès qu'Elvira et moi sommes seules, j'emploie le castillan.

Mon père m'explique en détail la route que nous allons emprunter :

— Vous remonterez le chemin de Compostelle. Celui-là même que la reine Aliénor a emprunté pour sa venue. Vous y ferez plus ou moins les mêmes étapes. D'abord, San Juan de Ortega, en terre castillane. Le monastère est très modeste, mais vous y serez traitées avec bonté. Puis viendra le grand château de Belorado, au carrefour de la Castille et de la Navarre. Santo Domingo de la Calzada ensuite, avant d'arriver à Nájera. C'est là que repose ma mère, Blanca de Navarre, arrière-petite-fille du Cid, morte en me mettant au monde.

Mon père se tait un instant, ému.

— Je vous promets, mon père, de prier de tout mon cœur au pied de la sépulture de celle qui vous a donné la vie.

Il se racle la gorge et continue à égrener les étapes de ce long parcours jusqu'en France : Logroño, Los Arcos, Villatuerta, Puente la Reina, Larrasoaña, Roncevaux et enfin Bordeaux.

— Don Carlos Espinosa de los Monteros veillera personnellement sur toi jusqu'à Bordeaux. En toutes choses, remets-t'en à ses conseils, ils seront toujours avisés et sages.

Mais je ne l'écoute déjà plus et me jette dans les bras de ma mère venue nous rejoindre. J'enfouis mon visage dans les plis de sa robe. Si j'en avais le pouvoir, je reviendrais volontiers au creux de ses entrailles, murailles de chair et d'amour.

— Blanca, ma presque reine, aie confiance en la miséricorde de Dieu qui a voulu pour toi un si grand destin.

Je m'abandonne à sa voix caressante comme à une brise d'été. Elle reprend dans un murmure :

— J'avais huit ans seulement lorsque je dus quitter ma

famille pour partir loin de l'Aquitaine, dans ce royaume de Castille où m'attendait un époux. Bien sûr, ce n'est pas chose aisée que de se représenter cette nouvelle vie. Il te faudra patience et humilité pour comprendre et épouser les pratiques de ce pays qui devient le tien. Dieu, dans son infinie bonté, a voulu que ton père se révèle le plus merveilleux des époux et que notre couple soit bâti sur une foi commune, des affinités nombreuses et un respect mutuel. Il m'écoute, m'accorde sa confiance et trouve de l'intérêt en toutes choses que je lui narre. Nous traversons ensemble joies et chagrins unis dans la même espérance... Je suis sûre que Dieu, qui t'a choisie par l'entremise de la reine Aliénor, voudra que tu connaisses, toi aussi, ce bonheur. Sois un réconfort de chaque instant pour ton époux, élève tes enfants dans le respect de Dieu, de la justice et de la charité. Fais entendre ta voix en suggérant sans jamais imposer. Le respect naît du respect. Et l'amour de l'amour. Ton père et moi te porterons chaque jour dans nos prières. Nous sommes si fiers de toi, Blanca.

Burgos,
Santa María la Real de las Huelgas,
20 février 1200

L'aube prochaine sera celle du départ.

Je me tourne et retourne sur ma couche, sans parvenir à trouver le sommeil. Je sais que nombreuses seront les embûches qui nous attendent, Blanche et moi, sur le chemin du retour.

Tout voyage est péril. Et plus que sa dot, c'est pour l'infante que je redoute malheur, même si la caravane paraît inattaquable, cuirassée par une véritable petite armée.

Je ne voudrais pas que l'histoire se répète…

Les yeux ouverts dans l'obscurité traversée des rares éclairs d'un feu qui se meurt, je me remémore chaque détail de ton odieux enlèvement, Richard.

C'était il y a sept ans, en décembre 1192. Alors que tu rentrais de la croisade en héros, placé en tant que prince croisé sous la sauvegarde de l'Église, tu fus pourtant capturé par le duc Léopold d'Autriche. La rançon exigée pour le prix de ta libération était astronomique.

Voilà qui servait à merveille les affaires de ton jeune frère Jean : le scélérat profita aussitôt de ton emprisonnement pour s'allier avec notre rival, le roi de France Philippe Auguste, afin de te voler le trône d'Angleterre.

Décidée à m'opposer aux manœuvres de ce fils félon, je donnai l'ordre de fortifier nos châteaux et renforcer nos côtes, tandis que je m'assurais personnellement de la fidélité de nos sénéchaux. Une rage aveugle m'animait : à soixante-huit ans, je me sentais invulnérable, prête à accomplir des prodiges pour te libérer, et cette quête m'interdisait tout repos. Il me fallait par tous les moyens réunir la rançon et tous les moyens me furent bons : je décidai de lever un impôt du quart de tous les revenus et les biens meubles du royaume, je réquisitionnai la vaisselle d'or et d'argent des églises, la laine provenant des monastères cisterciens... Je mis sur pied une organisation militaire pour collecter et comptabiliser les recettes. Les espèces et les produits en nature furent entassés dans la crypte de la cathédrale Saint-Paul à Londres, un écuage fut prélevé sur le fief des chevaliers. J'exigeai que clercs et laïcs participent eux aussi en taxant revenus et troupeaux. Et le pape, cet empoté de Célestin III, qui restait sourd à mes appels ! Je dus prendre la plume et la tremper dans le fracas de mon indignation pour lui signifier, par trois lettres successives, mon courroux. Sa réaction à la lecture du ton comminatoire par lequel s'ouvrait l'une d'elles m'importait peu. Je la sais de mémoire :

Moi, Aliénor, par la colère de Dieu, reine d'Angleterre [...]. Ce qui afflige l'Église, fait murmurer le peuple et diminuer l'estime qu'il vous porte, c'est qu'en dépit des pleurs et des lamentations de provinces entières, vous n'avez pas envoyé un seul messager. Souvent, pour des choses de petite importance, vos cardinaux ont été envoyés aux extrémités de la terre avec souverains pouvoirs, mais en une affaire aussi désespérante et déplorable, vous n'avez pas seulement dépêché le moindre sous-diacre, voire un acolyte.

Les rois et princes de la terre ont conspiré contre mon fils ; loin du Seigneur, on le garde dans les chaînes tandis que d'autres ravagent ses terres ; on le tient au talon tandis que d'autres le flagellent. Et durant tout ce temps, le glaive de saint Pierre reste dans le fourreau. Trois fois, vous avez promis d'envoyer des légats et vous ne l'avez pas fait. [...] Si mon fils connaissait la prospérité, nous les aurions vus courir à son appel, car ils savent bien avec quelle générosité il les aurait récompensés. Est-ce là ce que vous m'aviez promis à Châteauroux avec de telles protestations d'amitié et de bonne foi ? Je sais à présent que les promesses des cardinaux ne sont que de simples mots.

La rançon ne suffisant pas, je dus ajouter d'autres taxes, d'autres impôts. J'aurais dépouillé les nobles de leurs manteaux, les prêtres et cardinaux de leurs calices, j'aurais pillé moi-même les églises et les cathédrales, j'aurais vendu mon âme au diable pour te libérer. Je fus même tentée de gifler ton frère Jean qui profitait de mon agitation pour clamer avec arrogance que tu ne reviendrais jamais. Sa trahison me donna une idée : j'accablai aussitôt d'une amende de dix sous tous ceux qui reprenaient et diffusaient ces menteries, amende qui, une fois acquittée, leur permettrait de « retrouver la grâce du roi Richard ». Car tu allais revenir, c'était une certitude, et ta vengeance serait alors implacable...

Rien ni personne ne pouvait m'arrêter, pas même l'odieuse manœuvre de ton frère Jean et de son allié, le roi Philippe Auguste, qui offrirent à tes ravisseurs d'outre-Rhin une somme plus importante encore pour te garder prisonnier et leur laisser les mains libres. Mais, négociateur et orateur hors pair, tu retournas la situation à ton avantage en concluant toi-même les conditions de ta libération avec l'empereur d'Allemagne Henri VI.

Je partis avec les tombereaux d'or de ta rançon par voie de terre et de mer au-delà du Rhin. Le 4 février 1194, alors que la neige tombait en flocons frileux sur le grand fleuve bleu, les archevêques de Cologne et de Mayence te rendirent à moi.

Nous embarquâmes immédiatement à Mayence pour descendre le Rhin en un parcours triomphal.

Quand ils surent que tu rentrais en Angleterre, un vent de panique gagna tes ennemis. Le châtelain de Saint Michael's

Mount, en Cornouailles, partisan de ton frère Jean, mourut d'une crise cardiaque en apprenant la nouvelle. Jean, quant à lui, alla se terrer, tremblant, en Normandie : il venait de conclure une incertaine alliance avec le roi Philippe Auguste pour assurer la tutelle Plantagenêt sur le Poitou, l'Anjou, la Touraine et la Normandie, réduisant à néant tes efforts. Le roi de France prévint alors en personne ton frère, son ex-allié : « Prenez garde, Jean, le diable est lâché ! »

Le diable était libre, en effet.

Le 13 mars 1194, nous accostâmes sur la côte morne et désolée de Sandwich et prîmes aussitôt la route de Canterbury, tout proche, puis de Londres.

Le printemps, en ce temps, te portait chance, mon fils...

De Burgos à Belorado, 21 février 1200

Ballottée par le roulis du chariot, je me suis endormie. J'ai tant et tant pleuré à l'heure des adieux qu'Elvira a dû me faire respirer les huiles aromatiques qu'elle conserve dans de petites fioles de verre ouvragé. La nuit précédente, je n'ai pu trouver le sommeil malgré les paroles de réconfort de mes parents.

Avant le grand départ, une messe solennelle a été célébrée, suivie d'une bénédiction. Chancelante, ayant vomi le pain, le fromage et le vin du petit déjeuner, je prends maintenant place dans le chariot orné de peaux de bêtes, de coussins, d'étoffes et de petits coffres débordant de mes friandises favorites, pâtes de pommes et autres fruits confits au miel.

Le convoi s'ébranle sous les vivats d'une foule venue nombreuse me saluer une dernière fois. Autour de nous, on jette en l'air les bonnets, on agite les oriflammes, on s'époumone à faire résonner les trompettes. Les petits enfants tapent sur des tambourins.

Il me faut sourire alors que je voudrais crier, accepter bravement cette déchirure que ma raison permet mais que mon cœur refuse... C'en est fini : je ne reverrai jamais ma famille, ni ma glorieuse Castille.

Le reste de la journée, je demeure hagarde, ivre de peur et de chagrin, couchée en boule sur les coussins, tenant la main d'Elvira, me laissant bercer par le pas lourd des chevaux. À de nombreuses reprises, les servantes d'Aliénor viennent discrètement s'enquérir de mon état. La reine occupe la litière qui précède la mienne mais ne vient à aucun moment me visiter.

Au soir, nous arrivons au monastère de Belorado et Aliénor me fait enfin mander. Elvira me coiffe, m'habille de frais et pince mes joues pour y faire monter un peu de couleur. Don Carlos m'accompagne de sa chaleureuse et discrète bienveillance.

J'entre, mal à l'aise.

La duchesse reine m'accueille assez froidement.

— On me dit, Blanche, que vous avez pleuré tout au long du jour. Cela ne me satisfait pas. Je ne suis pas venue de si loin quérir une renifleuse. Je sais combien il est difficile pour vous de quitter la Castille, mais Dieu en a décidé ainsi, me soufflant de vous choisir, au lieu de votre sœur. De grâce, ne me faites pas déjà regretter ce choix. Je vous demande de vous ressaisir au plus vite et d'accueillir avec dignité et bonne figure l'honneur qui vous est fait. Quelle image donnez-vous de vous-même à tous ceux qui nous escortent et pour lesquels vous représentez la paix et une promesse de prospérité ? Je vous prie d'y réfléchir sans tarder. J'ai fait préparer par mon cuisinier un menu spécial, propre à rincer vos entrailles de cette bile jaune qui s'y est accumulée. Vous le prendrez seule dans votre chambre. Et demain, vous voyagerez avec moi. Allez.

Je l'écoute sans broncher et acquiesce en silence, sachant qu'elle a en tous points raison.

La nuit, je rêve de Guapo, notre écureuil apprivoisé. Il gratte au sang les barreaux de sa cage.

Belorado,
ermitage Santa María de Belén,
22 février 1200

Ce matin, je prie avec ferveur en l'église Santa María de Belén. On y vénère une vierge assise. C'est la première fois que je vois une statue de la Mère de Dieu dans cette posture, qui la rend plus humaine. Après tout, la Vierge a le droit d'être fatiguée, elle aussi ! Je demande à Dieu d'affermir mon âme, de ne pas décevoir les espoirs placés en moi, ceux de mes parents, ceux de la duchesse reine, ceux de tout un peuple... Il me faut être digne de mon sort, quoi qu'il m'en coûte de chagrin.

Nous chevaucherons sur nos palefrois. Ainsi en a décidé Aliénor.

Celui de la reine est bai, haut, nerveux. Ses brides sont rehaussées de fin cuivre doré, sa sambue, couverte d'un drap brun de Castille, rebrodé de fleurs. Ses étriers sont recouverts de soie et leurs sangles, d'or. La houssure, aux armes d'Angleterre, s'arrête au bas du flanc et se prolonge en souples franges de cuir.

Le mien est plus petit, de robe fauve, portant le même harnachement, mais orné des donjons castillans.

Six écuyers viennent se ranger à nos côtés. Don Carlos, reconnaissable entre tous à sa noble crinière blanche, se tient légèrement en retrait, attentif et respectueux.

D'un coup d'éperon, Aliénor donne le signal du départ.

Alto et Dux encadrent la monture de la reine, rythmant leur course sur la sienne.

Aliénor encourage ses deux chiens de la voix, leur parle ainsi qu'à des êtres dotés d'intelligence. Je n'ai jamais observé tant de sollicitude envers des animaux.

J'ose une question.

— Depuis quand possédez-vous ces chiens, Majesté ?

— Ils m'ont été offerts alors âgés de quatre mois, lors de ma captivité en Angleterre, afin de me protéger des importuns et d'adoucir ma solitude. Ils sont de même portée et viennent d'Irlande. On les nomme d'ailleurs lévriers irlandais. Je les ai élevés moi-même, nourris de ma main à la viande. Ils ne me quittent pas et n'obéissent qu'à moi. Sais-tu que ce sont de redoutables chasseurs de loups ?

— Je vous crois tout à fait. Vous n'avez jamais peur d'eux ? Ils sont si grands…

— Peur de quoi ? Leur force est ma force. Leur puissance est ma puissance. Un geste de moi et ils sautent à la gorge de qui je leur désigne. J'ai passé beaucoup de temps à les éduquer pour cela. Ils me sont plus loyaux et fidèles que n'importe qui. Chez eux, pas de calcul politique, pas de lutte intestine, pas de jalousie, pas de trahison. Ils ignorent la rancœur. Je leur fais une confiance totale, la même qu'ils me portent. C'est une qualité qui compte plus que tout à mes yeux.

In petto, je pense que les deux lévriers gris sont, à son image, de redoutables guerriers, capables de combats dont l'issue – surtout incertaine – est vécue comme une promesse de jouissance.

Je les regarde courir, leurs muscles tendus par l'effort.

Saurai-je, un jour, susciter chez Aliénor la même admiration que celle portée à ses chiens ?

Pun, ermitage Santa María del Campo, 23 février 1200

Elvira me tire par la manche. Elle a l'étroit sourire de celle qui s'apprête à commettre une vilenie.

Foulant le chemin réchauffé par un timide soleil d'hiver, elle me guide jusqu'au pied de l'ermitage Santa María del Campo, une solide chapelle ornée d'un clocher-tour, aux abords de laquelle notre convoi a fait halte.

Du doigt, elle me désigne les modillons qui ornent l'édifice.

Je lève les yeux et, les plissant, observe attentivement les personnages, bêtes, fauves, oiseaux, qui y sont représentés. Il me semble qu'eux aussi nous scrutent du haut de leur posture de pierre.

Elvira tend un doigt pour me désigner un personnage en particulier. Je reconnais aisément un homme en train… d'uriner. Elle éclate de rire devant ma tête stupéfaite avant que je ne sois prise de fou rire à mon tour. Nos éclats redoublent à la vue d'un autre personnage réalisant d'improbables acrobaties, tête en bas, et dans une posture ridicule. Et que dire de cet autre qui tient un poisson plus grand que lui ? Nous courons autour de l'édifice, répertoriant les attitudes les plus insolites, riant, criant de joie à la vue de leurs fantaisies.

Soudain, derrière nous, un claquement de mains, comme un fouet.

Je le reconnais sans avoir à tourner la tête. C'est celui, impérial et excédé, d'Aliénor.

— Quel est ce chahut qui dérange mes prières ? Par Dieu, que provoque ces gloussements sonores ? Il me semble ouïr un troupeau de dindes.

Embarrassée, je me tortille sur un pied. Je lui désigne, un peu gênée, l'homme en train de se soulager dans un pot de chambre.

Elle le regarde, sévère, sans mot dire, puis fait le tour de la chapelle, nez en l'air.

— Très amusant, laisse-t-elle tomber sans esquisser un sourire. Je préfère toutefois, ma chère Blanche, vous entendre ricaner plutôt que de devoir supporter votre triste mine. Ces sculptures, dont certaines sont volontairement grotesques, sont riches d'enseignement. Savez-vous que cette femme nue qui peigne ses cheveux symbolise la luxure ? Que ces oiseaux, tête penchée et inclinée sur leurs pattes, représentent les âmes qui veulent s'échapper ? Ne jamais s'arrêter à l'écume des choses, mon enfant. Dieu enseigne à ceux qui savent voir avec le cœur et selon sa sainte règle. Entrez dans la chapelle. Vous ressentirez la présence du Très-Haut. Laissez-le pénétrer votre âme.

Sous le regard inflexible d'Aliénor, Elvira et moi nous exécutons promptement. À l'abri du regard de la reine, nous y échangeons un regard mi-amusé, mi-contrit.

Plus tard, en repensant à la scène, allongée dans ma litière, j'éprouve la désagréable sensation de la décevoir sans cesse. Tout n'est qu'exigence dans la vie d'Aliénor, dans ses paroles, dans ses actes, et je me sens inapte à satisfaire ses attentes. Elle a préjugé de mes dispositions naturelles à être reine. Une bouffée de chagrin m'envahit, et je donnerais tous les royaumes pour rentrer à la maison.

⋆

Le ciel de fin d'après-midi est lourd de nuages gris chargés de pluie. Lors d'une courte halte, Aliénor, par l'entremise d'une servante, me convie à la rejoindre.

Alto et Dux, lovés sur d'épaisses étoffes, soulèvent à peine leur tête quand je m'installe prudemment aux côtés de la reine.

Elle se tait. Son silence ne me dérange pas. J'y vois une autre forme de communication, une façon d'accorder nos présences comme les musiciens le font d'un instrument. Son silence est un préambule.

Je m'enhardis à poser une question qui m'obsède :

— Majesté, pouvez-vous me parler de Louis, mon promis ?

Elle pose sa main sur mon genou, se tourne légèrement vers moi, profil d'onyx encadré d'un voile flottant comme une hésitation.

— Que vous dire que vous ne sachiez déjà ? Louis est l'aîné des enfants du roi de France, Philippe Auguste. Sa mère se nommait Isabelle de Hainaut. Elle est morte en donnant le jour à des fils jumeaux qui ne vécurent pas. Louis, qui demeure donc son seul enfant, avait trois ans à son décès. Au même moment, son père, le roi capétien Philippe Auguste, partit pour la croisade.

— Où il rejoignit mon oncle Richard Cœur de Lion, n'est-ce pas ?

— Tout à fait. À cette époque, les deux rois ennemis avaient su dépasser leurs querelles et s'allièrent pour aller défendre la Terre sainte. Enfin, Richard, surtout... mais c'est une autre histoire...

« Adèle de Champagne, la troisième femme du feu roi Louis VII – père de Philippe Auguste –, a fait office de mère auprès du jeune prince. Il me semble qu'un maréchal du nom d'Henri Clément s'est occupé de son éducation chevaleresque.

« On me dit que le prince Louis est de tempérament calme et d'humeur vertueuse. Qu'il a le goût du savoir et celui des belles-lettres. Il semble aussi épris de sincérité et de justice. On prétend également qu'il est de taille petite mais bien prise, empreint de ce charme nordique hérité de sa mère. Sa piété serait profonde. Si tout ce que l'on raconte est vrai, alors il ressemble en bien des points à son aïeul, le roi de France, Louis VII, mon premier époux.

— Majesté, quel âge aviez-vous lorsque vous avez épousé Louis VII ?

— Treize ans…

Elle se tut, soudain pensive.

Allait-elle briser là, incommodée par mes questions ? Contrairement à mes craintes, elle poursuivit :

— En avril de l'an 1137, mon père Guillaume, comte de Poitou et duc d'Aquitaine, mourut sur le chemin de Compostelle, peu avant d'atteindre le saint tombeau. Il était veuf depuis sept ans déjà.

Elle caresse distraitement la tête d'Alto.

— Je pense qu'il savait sa fin proche. Mon frère Aigret étant mort en bas âge, il m'a toujours considérée comme l'héritière du duché d'Aquitaine. Avant son départ, il avait écrit un long testament dans lequel il spécifiait – je me souviens parfaitement des termes :

> *Je place mes deux filles sous la protection du roi, mon seigneur. Je lui donne l'aînée pour qu'il la marie, si mes barons y consentent, et je lui lègue en héritage le Poitou et l'Aquitaine.*

« La coutume veut que le roi de France exerce son droit de tutelle sur les orphelines et les pourvoie d'un époux, ou du moins en agrée le choix. Mais, de la part de mon père, il s'agissait davantage d'un fait établi que d'une requête. Le roi Louis VI avait un fils de seize ans. En scellant mon destin au sien, je doublais de taille le petit royaume franc. Il ne pouvait donc en être autrement.

— Ils furent nombreux, j'imagine, à briguer votre main…

— Oh que oui ! Apporter la Guyenne, la Gascogne, le

Poitou, le Périgord, l'Angoumois, la Marche, le Limousin, la Saintonge, bref, un domaine plus étendu que celui du roi de France lui-même, est un gage de puissance. Mais, même passées sous l'administration capétienne, ces terres devaient rester miennes, avec une identité séparée et des institutions distinctes. Et elles me reviendraient en cas de séparation. Je suis donc et resterai jusqu'à ma mort duchesse d'Aquitaine.

Un sourire étiré d'orgueil se dessine sur son visage parcheminé.

— Que s'est-il passé ensuite ?

— Tout est allé très vite. Dès la nouvelle du trépas de mon père connue, le roi de France Louis VI le Gros envoya son fils Louis vers Bordeaux, escorté d'une armée de cinq cents chevaliers et accompagné du comte palatin Thibaud de Blois-Champagne, du sénéchal le comte Raoul de Vermandois et de l'inévitable abbé Suger.

— Pourquoi inévitable ?

— Parce que ni le père ni le fils après lui ne pouvaient se passer des conseils de cet ecclésiastique, j'eus tôt fait de m'en rendre compte…

Elle pousse un profond soupir et je juge alors prudent de revenir au fait qui m'intéresse.

— Et le jour de vos noces ?

— C'était le dimanche 25 juillet 1137, fête de saint Jacques le Majeur. À Bordeaux, il faisait une chaleur étouffante, je m'en souviens fort bien. Les rues étaient décorées de milliers de fleurs tressées en guirlandes, de tentures, de tapis. Le peuple d'Aquitaine est si prompt à partager sa joie, il le fait de façon si spontanée, si généreuse ! C'était un régal pour les yeux de sentir cette énergie joyeuse dans les rues. Les neuf églises que compte la ville faisaient sonner leurs cloches à toute volée, à l'unisson de celles des abbayes environnantes de Saint-Seurin, Sainte-Eulalie et Sainte-Croix. On pouvait à peine s'entendre !

« Une foule en liesse s'était massée aux abords de la cathédrale Saint-André de Bordeaux. À l'emplacement du chœur, deux trônes s'élevaient sur une estrade de velours. C'est là que Louis posa sur ma tête le diadème d'or. Je revois la scène : ses mains tremblaient, des gouttes de sueur perlaient sur son front. Il était un peu maladroit, très impressionné je crois, et, plaçant le bandeau, a tiré une mèche de mes cheveux. Bien sûr, je n'ai pas émis le moindre cri. J'ai seulement haussé un sourcil et ce simple et imperceptible mouvement a manqué le faire défaillir : il est devenu tout blanc ! Le moment n'aurait pas été aussi solennel, je crois que cela m'aurait fait rire.

Je suis interloquée d'imaginer Aliénor prompte à se moquer de son futur époux dans un moment pareil.

Ce souvenir provoque un nouveau sourire chez la duchesse reine :

— Ensuite se tinrent les banquets, qui durèrent plusieurs jours. Notre vin de Guyenne coula à flots, les mets les plus raffinés se succédèrent, musiciens et troubadours rivalisaient de talents et chacun, noble ou manant, se réjouissait, ventre plein et cœur ravi, de ces noces qui étaient aussi la fête de tous mes sujets.

« Mais l'abbé Suger fit écourter les réjouissances : les nouvelles concernant le roi Louis VI le Gros étaient mauvaises, nous devions nous hâter vers Paris. Nous prîmes la route pour Saintes, puis arrivâmes à Poitiers où Louis et moi reçûmes, le 8 août, lors d'une cérémonie religieuse, le titre ducal. C'est ce même jour que Suger apprit à Louis la mort de son père et que nous fûmes, par la volonté de Dieu, aussitôt désignés comme roi et reine de France.

— Quitter votre duché, les lieux de votre enfance a été difficile ?

— Je m'y préparais depuis toujours. Après la mort de ma mère, la même année que celle de mon frère Aigret, j'étais de fait l'héritière du duché. Mon père m'avait enseigné dès lors qu'un grand mariage et un destin hors norme m'attendaient. La seule personne à laquelle j'étais attachée était ma jeune sœur, Pétronille. Par chance, elle put m'accompagner à Paris et rester auprès de moi toutes ces années...

Je m'apprête à lui poser une autre question quand une de ses servantes vient l'avertir que nous arrivons à notre campement du soir.

Aliénor s'interrompt alors et retourne aussitôt à son métier de reine. Descendant de son attelage, elle évalue d'un seul coup d'œil la situation du convoi, l'état des bêtes et des hommes, donne les ordres, écoute les doléances, trouve les solutions, réconforte parfois, morigène souvent. Les messagers n'attendent pas qu'elle soit installée en lieu clos et se pressent autour d'elle pour lui remettre les messages de son fils Jean, roi d'Angleterre, et l'entretenir des affaires du royaume. Elle écoute si attentivement que ses yeux se plissent jusqu'à disparaître. Je me sens fière d'être de son sang.

Santo Domingo de la Calzada,
25 février 1200

L'archevêque de Bordeaux, Hélie de Malemort, est mon précepteur le temps du voyage. J'aime sa bonhomie joyeuse, ses petits yeux perçants sous leur broussaille de sourcils, sa masse de cheveux gris qui se tortillent jusque sous sa calotte, sa barbe aussi fournie que mal taillée et, par-dessus tout, sa façon unique de considérer toute situation comme s'il en était le spectateur et non l'acteur.

Il est chargé par Aliénor de renforcer mes connaissances, à l'oral principalement, car, dans la litière, les secousses du voyage ne me permettent pas toujours d'écrire.

Souvent, ces séances d'étude ont pour cadre la litière d'Aliénor, quand Alto et Dux daignent aller courir et libèrent suffisamment d'espace pour nous laisser nous y installer. Ce faisant, la duchesse reine garde souvent les yeux clos, si bien que je ne sais jamais si elle dort ou écoute avec attention. Sans doute un peu des deux.

L'archevêque s'entête à corriger mon accent castillan et m'imite pour rectifier ma prononciation où les *r* roulent comme les pierres dans un torrent.

— Princesse, on ne dit pas « Bonjourrrrr, sirrrrre, mon rrrrroy » mais « Bon-jour, sireeeee, mon roi ».

Docile, je m'applique à raccourcir les *r* et à éteindre le soleil castillan qui éclabousse mes mots.

En manière d'enseignement, et à titre d'exemple, l'archevêque aime à me conter l'histoire des différents saints.

L'étape de Santo Domingo de la Calzada lui en fournit l'occasion :

— Majesté, je vais vous conter la pieuse et édifiante histoire d'Hugonel, un jeune pèlerin germanique. Ses parents et lui s'arrêtèrent dans une auberge de Santo Domingo pour y passer la nuit. Là, une jeune servante lui fit des avances, qu'il repoussa. Pour se venger, elle dissimula dans ses bagages un plat d'argent. Au moment du départ, elle le dénonça. Il fut prestement jugé, condamné et pendu.

« Les parents, désespérés, continuèrent le pèlerinage et allèrent prier saint Jacques à Compostelle. À leur retour, repassant par les mêmes lieux, ils s'arrêtèrent devant la potence où se balançait toujours leur fils. Le pendu s'anima et leur déclara qu'il était toujours en vie car saint Jacques le protégeait. Fous de joie, les parents s'adressèrent au juge qui était en train de déjeuner d'un coq et d'une poule rôtis, pour lui conter le miracle. Celui-ci ne les crut pas et ajouta : « Si votre fils Hugonel est vivant, alors cette poule et ce coq se mettront à chanter dans mon assiette. » Ce qui advint. Le juge, bouleversé, fit dépendre le jeune homme et prit sa place sur la potence.

Aliénor ouvrit les yeux et ajouta malicieusement :

— Depuis ce jour, un poulailler-cage ouvragé et doré a été installé au sein de la cathédrale et abrite plusieurs poules et coqs. Voilà qui promet un nouveau fou rire de votre part, Blanche, je me trompe ?

— Un vrai poulailler au sein d'une cathédrale ? C'est si inattendu et drôle ! Mais ainsi prévenue par vous, je saurai, à sa vue, mieux contenir mon rire.

L'archevêque de Bordeaux s'esclaffe devant ma surprise. Son petit ventre bedonnant tressaute comme le couvercle d'une marmite soulevée par la chaleur du feu.

*

Nous demeurons deux nuits dans le grand monastère. Un séjour qui autorise des offices plus nombreux, ainsi que de longues plages de travail et de repos.

À la fin d'un conseil avec don Carlos, auquel Aliénor m'a demandé d'assister – pensant que j'aurais agrément à être informée des détails du voyage –, elle se tourne vers moi et me demande soudain :

— Blanche, quels principes feras-tu tiens, une fois reine ?

Diantre ! C'est la question la plus difficile que l'on m'ait jamais posée. Je n'y ai jamais réfléchi, mais il est malvenu de l'avouer à Aliénor. Prise de court, je balbutie :

— Eh bien... Il me semble que Dieu me guidera et m'indiquera le bon chemin, au moment voulu.

Les prunelles d'azur pâle d'Aliénor s'éclairent d'orage :

— C'est très insuffisant et je ne saurais me contenter de cette approximation, mon enfant. Dieu veille à tout et tient dans sa main nos destins, mais, après avoir beaucoup prié et s'être soumis à sa divine volonté, les décisions quotidiennes sont à prendre seule. Tes parents, ton précepteur, ton chapelain, t'ont-ils dit, Blanche, que chaque être humain était seul, toujours ? Seul au moment de sa naissance, seul à l'heure de son trépas, seul devant toutes les décisions, chaque jour, chaque instant ? La vie humaine n'est qu'un long chemin de solitude, seulement animé par la vivante présence de Notre-Seigneur.

La honte me saisit devant la pauvreté de ma réponse et la repartie cinglante qu'elle m'attire.

Aliénor poursuit :

— Nous sommes entrés en carême. La solitude nous ouvre à l'expérience de ce fondement qui nous porte : la vie de Dieu. C'est en assumant cette solitude comme le Christ l'a lui-même vécue – et acceptée – au plus profond de lui que nous pouvons être en relation profonde avec ceux qui nous entourent, comme avec ceux dont nous sommes séparés. C'est une autre forme de communication, plus intense, bien plus précieuse. Ce matin, à la messe, j'ai médité cette phrase de Jésus à Simon, pêcheur : « Avance en eau profonde. » La solitude est un chemin qui mène à la communion et au partage. C'est l'Amour de Dieu que nous y rencontrons, auquel nous pouvons alors nous abandonner en toute confiance et plénitude. La solitude est une traversée du désert nécessaire et lumineuse. Comprends-tu cela, Blanche ?

J'acquiesce, devinant confusément le sens de son message, et rassemble mon courage pour poursuivre :

— Voulez-vous dire que je ne devrais jamais avoir peur d'être seule ? Que c'est au cœur de la solitude que l'on trouve le chemin vers l'autre ? Vers son prochain, son époux, ses sujets ? Qu'ainsi mes parents, mes sœurs et mon frère que j'ai quittés, seront, dans le silence de mon esprit, avec moi de nouveau réunis ?

— C'est une promesse, en effet. Une lumière difficile à atteindre mais qui sera, si tu la cherches là où elle demeure, et avec l'aide du Seigneur, un feu vivant qui nourrira ta vie.

— Et vous, l'avez-vous trouvé, ce feu vivant, Majesté ?

Sitôt parlé, sitôt regretté, toujours j'éprouve cette crainte : ai-je franchi la limite ? Aliénor me fixe de ce regard vert pailleté d'or qui, à chaque fois, me saisit par son intensité un peu lasse. Elle soupire imperceptiblement.

— Je m'astreins à souffler chaque jour sur cette flamme légère pour la raviver. En ce temps de carême, elle est comme fortifiée, galvanisée par le chemin du Christ. Elle se trempe à sa source pour y renaître. Elle est Espérance.

Nájera, 4 mars 1200

Le jour de mes douze ans, nous arrivons à Nájera.

J'ai le cœur lourd. Pour la première fois, mes parents ne vont pas me serrer dans leurs bras, Fernando et Mafalda ne se cacheront pas derrière les tentures, au petit matin, pour me faire une surprise, Urraca ne m'offrira pas un de ses présents si féminins : ruban, agrafe, broche, qu'elle sait choisir mieux que personne et qui me donne presque l'impression d'être jolie...

Elvira a demandé au cuisinier de me confectionner des gâteaux en forme d'animaux. Parmi eux, une poule et un coq, propres à me rappeler la légende d'Hugonel et le poulailler-cage de l'église.

Dans la matinée, don Carlos introduit auprès de moi un messager spécialement venu de Palencia. Diligenté par mes parents, il est chargé de me remettre un petit coffre. À l'intérieur, je découvre plusieurs rouleaux de parchemin : lettres de mon père, de ma mère, d'Urraca, ainsi qu'une magnifique bible reliée. Quelques menus présents aussi : miniatures, peignes en corne et en os décorés, rubans de cheveux...

Mais je n'ai guère le temps de me plonger dans leur contemplation, Aliénor me fait dire de me tenir prête : nous allons prier sur le tombeau de la mère de mon père. Et ses demandes ne souffrent aucun délai d'exécution.

La chapelle du monastère Santa María la Real de Nájera est adossée à un écrin de roches rouges. Il faut emprunter un escalier et parvenir à une sorte de grotte pour y accéder. L'abbé en charge des lieux nous explique que reposent là les fondateurs du lieu, le roi García de Nájera et son épouse la reine Estefanía de Foix. La légende prétend que le roi, chassant une colombe, l'a trouvée dans cette grotte, se tenant en paix avec le faucon qui la poursuivait, tous deux en arrêt devant une statue de la Vierge.

L'abbé nous entraîne ensuite devant le sépulcre de Blanca de Navarre, morte en couches alors qu'elle donnait naissance à mon père, le roi Alphonse VIII de Castille.

Aliénor et moi nous y recueillons longuement avant de détailler les sculptures gravées sur son tombeau : on y voit la reine Blanca, alitée, entourée de son époux éploré, lui-même soutenu par des chevaliers. Deux anges de pierre soulèvent le nouveau-né et le présentent à un Christ souriant et bénissant.

L'émotion me gagne et je saisis la main d'Aliénor.

Nous admirons et commentons les autres motifs du sarcophage : le roi Salomon, l'Épiphanie, le massacre des Innocents, la parabole des Dix Vierges…

Tout ce temps, ma main demeure dans la sienne.

Puente la Reina, 6 mars 1200

Excalibur, Richard ! J'ai rêvé de toi, mon fils, et de l'épée du roi Arthur. Ma nuit a été traversée de songes violents qui m'ont fait me dresser sur ma couche, en sueur et le cœur battant.

L'épée du nom d'Excalibur était la tienne. Un prolongement de toi-même. On la disait invulnérable, capable de fendre les roches sans jamais se briser, et son fourreau avait le don de protéger son porteur de toute blessure mortelle.

Est-ce parce que tu t'en es séparé que le sort s'est ensuite acharné sur nous ? L'épée a-t-elle voulu se venger de l'apparente légèreté avec laquelle tu l'as traitée, ainsi qu'une femme possessive et jalouse ? Comment as-tu pu, mon fils, disposer d'Excalibur ainsi que d'un vulgaire bien marchand, elle qui n'est qu'émotion ? Était-ce de la bravade, de la générosité, du panache ? As-tu agi trop vite, sans réfléchir ? Je te le répétais pourtant souvent alors que tu étais enfant : *Antequam agatis, cogitate.* Rien de tout cela pourtant ne peut t'être reproché. Car c'est un noble et pieux dessein qui a dicté ton geste, à première vue insensé.

En route pour la troisième croisade, tu fais halte en Sicile à l'automne 1190. Le roi Tancrède de Lecce, en signe d'amitié, te couvre de présents : chevaux, pièces de soie, mille et un merveilleux trésors en sa possession. Toi, tu ne veux rien. Tu te contentes d'un petit anneau, en signe d'affection mutuelle. Tu n'acceptes rien, mais tu donnes tout et surtout ce que tu possèdes de plus précieux : l'épée d'Arthur, Excalibur... Ruse fort habile pour obtenir plus tard ce dont tu as urgemment besoin pour rallier la Terre sainte : quinze belles et robustes galères. Car, fin stratège, ce cadeau-là, tu ne le repoussas point. Sans ces bateaux, la croisade n'aurait pu continuer. Tu avais, avec une élégance non dénuée de perfidie, contraint ton hôte à t'offrir ce qui avait le plus de prix à tes yeux. On me rapporta que tu déclaras ensuite, satisfait : « J'aurais vendu Londres si j'avais trouvé un acheteur. »

Tu as pensé qu'une épée, fût-elle réputée magique, méritait qu'on s'en sépare si la libération des Lieux saints en dépendait. Excalibur contre quinze galères. Excalibur contre Jérusalem. La magie contre la foi. As-tu songé aux *Prophéties de Merlin* qui annonçaient que le quatrième roi des Bretons, après la mort d'Arthur, connaîtrait la défaite et la mort ? Le quatrième roi, c'était toi, mon fils. Mais tu exigeais toujours d'être le premier, et vainqueur en toutes choses.

Dans mes cauchemars, je vois Excalibur fondre du donjon de Châlus et se ficher dans ton cou en lieu et place du trait d'arbalète qui te coûta la vie. Et j'entends le rire sardonique d'Arthur : « Malheur à celui qui a trahi Excalibur. »

Pampelune, 8 mars 1200

Au matin, assombrie par ces funestes songes, je demeure préoccupée : la nuit prévue à Pampelune me soucie. La cité et son lacis de ruelles ont beau être bien protégés derrière de solides murailles, les rixes entre les partisans de la Castille, logeant dans les vieux quartiers de la Navarrería, et les Francos, issus des proches faubourgs de San Cernin et San Nicolás et favorables, eux, au maintien de la couronne navarraise sous dynastie française, y éclatent sans cesse.

Notre cortège qui amène l'infante de Castille à la cour de France est donc propre à déclencher tous les extrêmes. J'évoque ce matin la situation avec don Carlos Espinosa de los Monteros, dont j'apprécie le discernement. Nous décidons d'une vigilance accrue et rapprochée, ainsi que de l'interdiction faite à Blanche d'apparaître hors de sa litière.

Au loin, vers le nord, on devine une masse sombre : les premières crêtes des Pyrénées. Notre voyage, dès demain, s'annonce de plus en plus lent et périlleux.

J'ai ordonné que soient inspectées toutes les roues des litières ainsi que celles des chars tirés par les bœufs. Que les chevaux soient ferrés de frais. Que l'on tienne le cortège serré, quitte à nous ralentir davantage. La montagne n'offre que peu de haltes sûres. Les chemins sont ravinés par les pluies torrentielles de l'hiver. La neige couronne les sommets. Combien de temps allons-nous mettre pour franchir cette terrible frontière naturelle qui sépare l'Hispanie de la Gascogne ?

Lors du voyage aller, nous n'avons miraculeusement croisé ni loups ni brigands. Mais aujourd'hui, notre caravane a doublé de taille : les chariots sont innombrables, lourdement chargés de tous les effets de Blanche, de sacs d'or, de nombreux présents destinés à la France et de tout l'attirail avec lequel doit voyager une infante, future reine capétienne.

Cette courte halte à Pampelune me rappelle celle que j'y fis, il y a neuf ans, en l'an 1191. J'étais alors venue chercher l'infante Bérengère, fille aînée de Sanche VI de Navarre, pour la mener à ses épousailles. C'était à toi, Richard, que je la destinais. Je tremblais que tu périsses sur les routes de la croisade sans laisser d'héritier à la couronne Plantagenêt, favorisant ainsi les noires ambitions de ton jeune frère Jean. Et puis cela me permettait aussi de contrecarrer, sans l'avouer, ton union avec celle qui t'était promise depuis tes douze ans, Aélis de France, sœur de Philippe Auguste. Comment aurais-tu pu épouser une princesse qu'on disait déflorée par ton père, et même, au dire de certains, engrossée par l'auteur de tes jours ?

Je me souviens fort bien que, sitôt que j'eus gagné Pampelune, Bérengère et moi, dûment escortées, repartîmes pour Messine, où tu m'attendais alors. Après avoir franchi les Alpes par le col de Montgenèvre, traversé Lodi en Lombardie, puis Naples et Brindisi, nous te rejoignîmes le 30 mars à Messine.

Tu accueillis avec faste ta fiancée. Elle était sage et pieuse.

Tu l'épousas gentiment six semaines plus tard, le 12 mai 1191, à Limassol, sur l'île de Chypre reconquise.

J'étais depuis longtemps repartie pour notre royaume. Je n'étais demeurée en effet que quatre jours à Messine, pressée de rentrer assurer la régence et veiller à ce que, tandis que tu guerroyais en Terre sainte, nul ne vienne usurper ton trône ni voler ton royaume.

Votre mariage, hélas, resta stérile. Tu te détournas très vite de Bérengère. Elle ne t'intéressait pas. Tu la trouvais ennuyeuse. Dans les faits, tu redevins bien vite célibataire et heureux de te conduire comme tel.

Devenue reine d'Angleterre du fait de votre union, elle ne mit jamais les pieds sur notre grande île.

Elle fut une épouse fantôme, une ombre à ton bras.

Je confesse à Dieu que cela ne me déplut pas.

Des souvenirs, tout cela... Seule l'action m'apaise. Il me faut sans cesse anticiper, décider, organiser, ordonner. J'ai alors la sensation d'exister, d'avoir une emprise sur les choses, les gens, le cours des événements. Sur moi-même.

Mes deux époux m'ont souvent reproché mon goût du pouvoir. Le premier, roi moine, parce qu'il y était étranger et que ma détermination et mon énergie l'effrayaient. Le second, roi soldat, parce qu'il en prenait ombrage. Mais ni l'un ni l'autre n'ont pu m'empêcher de l'exercer. Même en me retenant prisonnière quinze ans durant dans les froids donjons d'Angleterre...

Toujours, j'ai régné sur l'Aquitaine, ma terre, qui étend son empire des rives de la Loire jusqu'aux cimes des Pyrénées. Toujours, en retour, l'Aquitaine m'a aimée, respectée. Et j'ai veillé à étouffer dès ses prémices toute velléité de s'affranchir de ma tutelle. Par les armes et le sang, si besoin.

Larrasoaña, 13 mars 1200

Nous nous enfonçons dans les paysages figés par l'hiver comme dans une pièce obscure. Le convoi est terriblement lent. Il fait de plus en plus froid. Le gel fait patiner les animaux, instables sur le sol glacé.

Cette nuit, loin de tout château ou monastère, nous avons dormi sous la tente chauffée d'Aliénor. Une tente ? Plutôt un palais miniature. Ses parois extérieures sont décorées des armes du duché d'Aquitaine et des lions d'Angleterre. Dix hommes se consacrent à une tâche unique : transporter, réparer, monter, décorer la tente royale. Ce sont eux aussi qui, à chaque étape, y installent plusieurs tapis recouverts de fourrures, d'innombrables coussins et en doublent les parois grâce à plusieurs épaisseurs de tentures. Des lits d'appoint sont également montés, séparés par des parois de canevas. Les draps sont chauffés grâce à des boules de cuivre remplies de braises brûlantes. Un autel où étincellent un reliquaire d'or et plusieurs chandeliers occupe un angle de la tente. Une chaise à haut dossier, quelques bancs et bancelles, des coffres ouvragés et deux grandes tables à tréteaux complètent l'ensemble et donnent l'étrange et rassurante illusion de se trouver dans un endroit civilisé et non pas au beau milieu des montagnes hostiles.

J'écarquille les yeux devant tant de raffinement et m'en ouvre à Aliénor qui me raconte alors que cet habitat de voyage est un souvenir de feu son époux Henri II, roi d'Angleterre.

— Comme il se déplaçait sans cesse d'un coin à l'autre de son royaume, il avait imaginé et fait réaliser une tente qui soit facile à transporter et à monter, tout en offrant le maximum de confort. Il en était si fier qu'il offrait souvent sa réplique à d'autres monarques, en gage d'amitié. Frédéric Barberousse et Guillaume II de Sicile s'en virent tour à tour gratifiés. Devenue veuve, j'y ai ajouté une touche plus personnelle. Ce soir, tu y partageras l'office, le souper et y dormiras en ma compagnie et celle de nos servantes.

À la lumière qui décline, installée sur un des sièges de ce royal logis et tandis que je caresse la tête d'Alto – je n'ai désormais plus peur des grands chiens –, montent à mes narines les odeurs de poissons relevés d'épices que sont en train de préparer les cuisiniers d'Aliénor. Elvira, assise à mes pieds, s'exerce à reconnaître les parfums, un à un : gingembre, girofle, safran, cannelle, muscade, poivre… La duchesse reine est très stricte sur le respect du carême. Nous ne consommons ni viande, ni œufs, ni laitage, ni vin. Grâce à Dieu, les potages épaissis de pain et de légumes, le riz, ces minuscules grains translucides que les croisés ont rapportés d'Orient, rendent ces jours moins austères et permettent à tous d'engranger les forces nécessaires à un si long voyage.

Aliénor, elle, se nourrit à peine. Ses poignets sont si fins qu'ils pourraient se briser à tout instant. De larges veines dessinent sur ses mains des rivières bleues et tortueuses. Depuis que la duchesse reine a fait irruption dans ma vie et, d'un mot, l'a métamorphosée, je la vois s'amaigrir chaque jour davantage. Comme si elle se débarrassait de tout superflu pour ne garder que la force ardente qui l'anime. Elle ne paraît pas malade, non, juste consumée par un feu intérieur.

Elvira me confie que don Carlos (dont je la soupçonne d'être un peu amoureuse) voue à la reine une admiration et un respect sans limites. Sentiment partagé par l'ensemble du convoi. Personne n'a jamais vu une femme arriver à un âge aussi avancé sans rien perdre, ou si peu, de son énergie et de sa puissance.

— Blanche, mon enfant, que dis-tu d'une partie de trictrac ?

J'adore jouer avec Aliénor, dont l'esprit tactique est éblouissant. Maria, sa servante préférée, a disposé à côté de nous un plateau d'argent garni d'épices de chambre. Je pique des grains d'anis, enrobés de sucre, que je laisse fondre avec délectation sous mon palais. Devant mon manège, la vieille reine lève les yeux, amusée :

— Il semble que tu goûtes fort ces mets orientaux. Si tu savais combien, là-bas, ils sont innombrables et délicieux...

Et, soudain pensive :

— Tant de choses sont magnifiques dans ces lointaines contrées...

Je m'engouffre aussitôt dans la brèche :

— Racontez-moi l'Orient, Majesté, je vous en prie !

— Quoi donc ? s'étonne-t-elle, feignant la surprise.

— L'Empire byzantin, Constantinople, Antioche... Mon précepteur m'a parlé de l'aventure que fut la croisade de votre jeunesse.

— Hum... Et que t'a donc raconté ton précepteur ?

— Que si l'on vous avait laissée être le stratège de cette conquête, elle ne se serait pas soldée par un tel échec.

— C'est résumer un peu vite une situation fort complexe et ne pas rendre grâce à feu mon mari le roi des Francs, Louis VII, aïeul de ton futur époux, je te le rappelle !

Je constate que, loin d'en être agacée, elle reçoit comme un compliment l'hommage de mon précepteur pour le chef de guerre et diplomate qu'elle est.

— Constantinople... souffle-t-elle, songeuse.

Je ramène d'un geste ravi la couverture de fourrure sous mon menton et repousse le jeu de trictrac, tandis que les yeux d'Aliénor s'animent des feux du souvenir.

— Constantinople… Imagine de puissantes murailles, hautes comme le ciel, constellées de dizaines de larges tours, le tout formant un triangle de pierres qui épouse d'un côté les rivages de la mer de Marmara, de l'autre, le golfe de la Corne d'Or. À la pointe de la presqu'île, le Grand Palais – qui en contient plusieurs autres, ainsi que des églises et des jardins en multitude, et même un hippodrome – domine le port du Boucoléon, le plus grand du monde.

« L'empereur Manuel Comnène réside au palais des Blachernes qui compte près de trois cents pièces et une vingtaine de chapelles. On y admire la Corne d'Or et la campagne environnante, couverte d'oliviers, d'orangers et d'arbres croulant sous des fruits parmi les plus gros que j'aie jamais vus.

« Nous, les croisés, sommes arrivés à Constantinople, après bien des déboires, un jour d'automne 1147. Un cortège d'envoyés de l'empereur Comnène vint à notre rencontre pour nous y escorter. Leur apparence fut ma première surprise : leurs habits étaient aussi somptueux qu'extravagants et d'une incroyable complication : une superposition de tissus précieux de couleurs vives, rehaussés de broderies, passementeries, pierreries. De lourdes ceintures chamarrées pendaient le long de leurs tuniques recouvrant presque totalement leurs pantalons bouffants. À leurs poignets, à leurs oreilles et même à leurs chevilles s'amoncelaient d'imposants et sonores bijoux… L'aspect de ces gens était très différent du nôtre, si austère, si terne en comparaison, comme un arbre nu qui ignorerait la luxuriance d'un feuillage.

« Leurs manières elles aussi nous parurent étranges. Ils ne cessaient de se prosterner, nous adressant mille compliments, nous promettant mille délices, mais d'une façon si peu naturelle que le roi Louis VII et moi en conçûmes davantage de méfiance que d'agrément. Derrière leurs incessants salamalecs, leurs psalmodies sucrées, nous devinions aisément quel secret mépris ils avaient pour nous, qu'ils considéraient, je m'en doutais bien, comme des barbares.

« Quand vint l'heure d'être présentés à l'empereur Manuel Comnène, nous nous contentâmes d'une petite escorte : le frère du roi, Robert Ier de Dreux, comte du Perche – qui était le plus méfiant de nous tous envers eux –, quelques feudataires et nobles dames de ma suite.

« Nous arrivâmes dans un palais dont le sol et les murs étaient entièrement recouverts de marbre. Sur sa surface semblable à de la neige, fleurs et feuillages en pierre dure s'échappaient en d'interminables arabesques. Leurs épines étaient constituées de minuscules émeraudes aux reflets si subtils qu'on avait envie de tendre la main pour s'en faire un bouquet. L'hématite, l'agate, l'onyx, la pyrite, l'héliotrope : chaque pierre créait l'illusion parfaite d'une corolle et l'ensemble composait un jardin immobile et merveilleux.

« Les colonnes du palais étaient gravées de motifs d'or et d'argent. Les murs, constellés de pierres précieuses, supportaient d'immenses tableaux de mosaïques tandis que les fenêtres en verre de cristal, façonnées de quartz d'outre-mer, étaient encadrées de bois incrustés d'ivoire. Au sol s'étalaient des tapis aux mille couleurs, si épais que nous nous y enfoncions comme dans du sable. Dans tous les coins brûlaient, contenus dans des réceptacles d'argent, des parfums profonds qui faisaient tourner la tête.

« Des fontaines de marbre rafraîchissaient les cours du palais avant de s'alanguir en voluptueux bassins. Çà et là, d'immenses volières plantées d'amandiers, d'oliviers ou de figuiers abritaient des paons et une foultitude de petits oiseaux bigarrés dont les trilles résonnaient jusqu'au crépuscule.

« De longs cyprès opposaient leur impénétrable ramure aux yeux indiscrets : nul ne pouvait admirer les incomparables splendeurs du palais sans y être invité, sinon…

— Sinon ?

— Sinon, couic !

D'un geste, elle simule un cimeterre tranchant une gorge.

J'éclate de rire devant ses yeux qui roulent dans leurs orbites, comme ceux d'un décapité.

J'ignorais que la duchesse reine pût être aussi amusante.

Sans se laisser déconcentrer, Aliénor continue son récit.

— La cour du basileus obéissait à des rites précis : pour rencontrer l'empereur qui siégeait sur un trône d'or recouvert de milliers de pierres précieuses, il fallait avancer devant lui tête baissée, soutenu par deux dignitaires, avant de s'affaisser sur le sol et de se prosterner de la plus humiliante façon. Tu imagines bien que nul parmi nous ne voulut se livrer à de telles simagrées !

— Certes ! Qu'avez-vous fait alors ?

— Nous l'avons salué avec respect – il nous invitait à traverser ses territoires de façon pacifique – et le roi Louis eut, par dérogation, le droit de s'asseoir sur un banc d'or fin – alors que nul n'y était autorisé. Mais, même de la sorte, l'empereur vêtu de pourpre brodée de pierres précieuses dominait chacun du haut de son trône étincelant.

— Quel genre d'homme était cet empereur ?

— Un stratège dont nous nous méfiâmes immédiatement. Sous des dehors d'une cordiale hospitalité, il craignait surtout que les troupes des croisés ne renforcent la principauté d'Antioche, tenue par mon oncle Raymond, et n'affaiblissent ainsi l'alliance germano-byzantine contre Robert II de Sicile. Par ailleurs, c'était un homme d'une stature impressionnante et de belle prestance.

« Je me souviens qu'il m'apparut fin et cultivé, curieux de toute chose. Il était passionné de théologie, de géographie, d'astrologie ainsi que de médecine. Il avait soigné lui-même son beau-frère l'empereur germanique Conrad de Hohenstaufen lors de son séjour au palais ! Si sa culture et sa faconde étaient grandes, il excellait aussi bien sur les champs de bataille, en temps de guerre, qu'à la chasse à l'ours sauvage ou au jeu de polo en manière de divertissement.

— Et l'impératrice ?

— Dieu me pardonne, mais je dois avouer que la nature n'avait pas été généreuse de ses bienfaits envers cette robuste Allemande qui avait changé son nom de naissance, Berthe de Sulzbach, en nom grec : Irène, après son mariage. Je me souviens qu'elle rejetait pour elle-même l'emploi de fards et couleurs et s'occupait davantage de son esprit que de son apparence. Les dames byzantines de haut rang ne se montraient que très rarement en public et ne devaient pas s'exprimer. Elles restaient dans leur somptueux palais comme des oiseaux en cage. Toutefois, la résidence d'Irène et de ses suivantes était sous son contrôle exclusif, farouchement gardée par des eunuques. Les hommes n'avaient pas le droit d'y entrer, l'empereur lui-même devait en obtenir la permission ! C'est pourquoi l'impératrice et moi commençâmes par nous écrire. Je ne devais la rencontrer véritablement qu'aux réceptions et banquets donnés certains soirs par l'empereur.

— Quelle façon étrange de traiter son épouse...

— Les hommes, Blanche, n'aiment pas que les femmes soient leurs égales en intelligence et en culture, tu apprendras cela. Un roi moins que tout autre. J'en connais trop bien le prix...

— Excusez-moi, Majesté, je ne voulais pas raviver ces souvenirs...

Elle caresse ma joue d'une main tendre.

— Tant de choses sont douloureuses dans cette vie qui est la mienne... Je vais t'épargner les considérations politiques de cette croisade pour te souhaiter, mon enfant, la chance de voir Constantinople un jour.

— Racontez-moi encore...

— L'empereur avait mis à notre disposition, ainsi qu'à celle de notre suite et des nobles qui nous accompagnaient, un petit palais entouré d'un immense parc clos, le Philopation. Il était situé en dehors de l'enceinte de la cité.

« Manuel Comnène aimait y chasser au faucon ou à l'épervier. Il y avait introduit toutes sortes d'animaux sauvages. C'est là que j'ai pu voir ces bêtes magnifiques nommées guépards. Ils étaient apprivoisés et chassaient au côté de l'empereur. Leur course était plus rapide que celle du vent.

— À quoi ressemblent ces bêtes sauvages ?

— À un animal d'une taille presque aussi grande que celle de mes chiens. Avec une fine tête triangulaire surmontée de petites oreilles ourlées d'un duvet très fin.

— Comme un chat ?

— En quelque sorte. Mais son museau est plus généreux, ses yeux plus cruels. Et son pelage est incomparable : une robe fauve tachetée de couronnes brunes d'inégales grandeurs. Sous chaque œil, une sorte de trait noir qui se prolonge jusqu'à la gueule, pareil à la ligne de plomb venant cercler un vitrail. Leur queue est fine et longue. Elle leur sert de balancier lorsqu'ils se déplacent. Leur démarche est d'une noblesse ouatée, silencieuse et souple. Je n'ai jamais rien vu d'aussi beau et impressionnant que cet animal lancé dans une course. Son corps se détend presque à l'horizontale, ses pattes arrière viennent toucher celles de devant, dans un élan d'une puissance phénoménale…

— Un peu comme Alto et Dux à la poursuite d'un lapin ?

Aliénor éclate de rire et j'aime le son de cette cascade qui rebondit en éclaboussures sur les parois de la tente.

— Alto et Dux, bien que très rapides, ne sauraient rivaliser avec un guépard. Non plus qu'en férocité !

— Et la cité ?

— Constantinople est insurpassable d'opulence, de beauté et de décadence. Les lieux saints y abondent, côtoyant la plus éloquente dépravation…

« Un jour, l'empereur Manuel Comnène nous mena, le roi mon époux et moi, visiter les principaux édifices. Je garde intacte en ma mémoire l'émotion qui me saisit en pénétrant dans l'immense basilique Sainte-Sophie. Elle est constituée de plusieurs chapelles ventrues. En son centre s'élève la principale, plus haute, plus imposante que les autres. Accolées à elle, des chapelles de différentes tailles. Sainte-Sophie me fit immédiatement l'effet d'une nourrice au ventre de laquelle s'accrochent quatre petits enfants...

« L'intérieur de la basilique éclipse tout ce que j'ai pu voir jusqu'alors. Sous une voûte immense, soutenue par des piliers en marbre précieux, granit ou porphyre, des milliers de lampes d'argent, accrochées à des chaînes de bronze, brûlent jour et nuit, dégageant des vapeurs d'encens que zèbrent les rayons du soleil.

« Les murs sont entièrement couverts de mosaïques à fond d'or si réalistes qu'il m'eût paru naturel de voir le Christ, la Vierge ou les apôtres s'animer et se mettre à parler. Sur la croix, on peut lire ces mots : *En toutô nika,* "Tu vaincras par ce signe".

« L'autel est constitué d'un amalgame d'or, d'argent, de perles et de pierres précieuses pilées, incrustées de camées et de gemmes. Au-dessus s'élève un tabernacle en forme de tour, le ciborium, au toit d'or massif. Sous le dôme est suspendue la colombe du Saint-Esprit. Dans son corps, on conserve les hosties. L'autel, séparé des croyants par une cloison, repose sur douze colonnes d'or. Au milieu est le lieu où on lit les Écritures. C'est là que se tient le clergé lors des cérémonies officielles, ainsi que la cour. Il est surmonté d'un baldaquin de métal précieux. Au milieu se dresse une croix immense parsemée de grenats et de perles.

« Parmi les mosaïques qui ornent murs et plafonds, l'une m'a, plus que toutes autres, fascinée.

Je saisis la main d'Aliénor, pénétrant à sa suite dans sa vision.

— Sous le porche des Guerriers, une immense mosaïque représente l'archange Gabriel tenant l'épée dans une main, le globe de l'autre. Se dressant sur fond d'or, il est vêtu d'une longue toge blanche rehaussée de broderies. Deux ailes, aussi hautes que lui, l'encadrent de leur implacable puissance. Son visage est parfaitement dessiné. Ses yeux sombres semblent s'animer sous l'arc parfait des sourcils. Par ce regard singulier, il t'écrase et te porte à la fois. Ses ailes gigantesques, aux plumes soyeuses, semblent, à tout moment, prêtes à se déployer.

Aliénor passe une main devant son visage avant de poursuivre :

— Il éclabousse de lumière quiconque porte les yeux sur lui. La première fois que j'eus la chance de le contempler, je me mis à pleurer devant tant de beauté alliée à tant de grâce et de force. Il produisit sur moi un effet surnaturel. Depuis, l'archange habite mon cœur. Il le ranime de sa lumière divine...

Elle se tait. Puis, vivement :

— Allons, il est tard... Vois-tu, lorsque j'évoque Constantinople, j'oublie le temps. L'étape de demain s'annonce particulièrement ardue, il est l'heure de rejoindre ton lit.

— Oh ! Majesté, j'ai hâte que vous me narriez la suite...

*

... Non, je ne te raconterai pas « la suite », petite Blanche.

Tandis que j'entends ton souffle régulier non loin de moi, je convoque mon passé.

Tant d'inepties ont été proférées sur ce qui est advenu là-bas, « ensuite », à Antioche... Ce souvenir consume encore ma mémoire.

J'étais si jeune alors, si impétueuse, si tumultueuse. Une petite reine autoritaire et frustrée, rendue folle par les merveilles de l'Orient. Le faste que j'y découvris fut un révélateur de la vie morne et austère qui était la mienne au côté de Louis VII, roi des Francs, mon époux.

Toute chose paraissait plus vibrante en Orient. Partout où mon regard se portait, je ne rencontrais que beauté et abondance. Un simple banc de bois devenait là-bas une merveille rehaussée de pierreries et d'étoffes précieuses. Les sols n'en finissaient pas de se parer de marbres d'infinies nuances, les murs s'évanouissaient sous des dentelles de sculptures laissant s'échapper la lumière. Les mets, les étoffes, les bijoux rivalisaient de magnificence. La majesté dans laquelle vivait la cour me rendait presque intolérable le souvenir de nos châteaux gris et froids, du sinistre palais de la Cité, des rues de Paris qui puaient la charogne et l'humidité. Car, comme pour se mettre au diapason de tant de raffinement, l'air que l'on respirait à Constantinople s'épaississait au couchant, chargé d'effluves de fleurs et de miel. On s'y drapait comme dans de la soie.

Plus j'étais exaltée par les fastes de l'Orient, plus Louis VII, mon époux, se renfrognait. Tout l'exaspérait. Le luxe, la beauté, l'opulence, les hommes eux-mêmes qu'il jugeait perfides, menteurs et corrompus dans leur foi.

Seuls le dénuement, l'austérité, la sévérité lui parlaient.

J'avais épousé un moine.

Je ne te raconterai pas non plus, chère et naïve petite infante, le départ de Constantinople pour Antioche et la boucherie que fut la traversée de l'Anatolie.

En Paphlagonie, alors que nous gravissions les montagnes de Pisidie, non loin du mont Cadmos, le roi Louis VII échappa de justesse aux mains des Turcs. Les barbares massacrèrent la plus grande partie de notre armée et un bon nombre de pèlerins démunis. La pluie, incessante, provoquait des torrents de boue dans lesquels agonisaient les nôtres. Les survivants se traînaient sur ces chemins caillouteux et hostiles, et ceux qui ne succombaient pas aux flèches ennemies mouraient d'épuisement ou de faim.

Devant l'étendue du désastre, Louis décida de terminer le voyage par la mer jusqu'à Saint-Siméon, le port proche d'Antioche, où nous serions enfin à l'abri. Mais les navires étaient trop peu nombreux pour le nombre de pèlerins, et le roi, après moult atermoiements, se résigna à abandonner les fantassins sur le rivage afin qu'ils empruntent la voie terrestre. Pas un, ou presque, n'y parvint. Ils furent décimés par la faim, la maladie, ou tombèrent sous les flèches des mahométans.

Le paradis oriental s'était mué en cauchemar, et la croisade en enfer.

Huit mois après notre départ de France, nous arrivâmes enfin à Antioche, enclave chrétienne, à la mi-mars 1148. Mon oncle Raymond, frère puîné de mon père bien-aimé, était désormais maître de cette principauté. Il vint en personne nous accueillir au port de Saint-Siméon, tandis que les cloches des églises chrétiennes sonnaient à toute volée et que des concerts de joie se faisaient entendre de toutes parts.

Tandis qu'il me serrait dans ses bras, il me semblait, avec lui, embrasser tout à la fois mon père et mon enfance, Bordeaux et le palais de l'Ombrière, les jours heureux d'autrefois. Mais j'étais une femme désormais, mariée au roi de France, et mes vingt-quatre ans me semblaient plus lourds à porter depuis les horreurs endurées lors des dernières semaines de la croisade. J'avais hâte d'oublier les morts que nous avions laissés derrière nous. Hâte de retrouver les délices de l'Orient goûtés avec délectation lors de notre halte byzantine.

Ce fut au-delà de mes espérances : jamais cité ne répondit plus parfaitement à mon cœur et à mes rêves.

Antioche était bordée de remparts hérissés de hautes tours de trois étages. On devinait au loin le djebel Akra, dont les neiges, au printemps, grossissaient le fleuve Oronte, rafraîchissant ainsi la ville. D'innombrables jardins s'étalaient en terrasses verdoyantes tandis que des clochers s'élevaient, trahissant la présence d'églises au-dessus du brouhaha des bazars croulant d'épices, de fruits et des innombrables marchandises que l'on pouvait trouver en ce pays.

De nombreux chrétiens s'étaient installés dans cet État croisé et avaient adopté, avec beaucoup d'intelligence, les us et coutumes syriens. Ils prenaient chaque jour des bains chauds et parfumés, se frottaient la peau avec des savons odorants, portaient la tenue orientale, si confortable dans ces contrées de forte chaleur, construisaient de vastes demeures agrémentées de cours où chantaient des fontaines. Mieux encore, la concorde régnait entre chrétiens et musulmans, les premiers s'associant en affaires avec les seconds pour le plus grand bénéfice de tous.

J'y eus aussi le plus grand agrément à deviser avec de nombreux chevaliers poitevins que Raymond avait entraînés à sa suite, comme Charles de Mauzé, Payen de Faye ou le patriarche d'Antioche, Aimery de Limoges. Comme il était doux de parler entre nous la langue d'oc et de se sentir comme à la maison dans cet ailleurs aux allures de paradis.

Mon oncle Raymond était parti en Orient alors que j'étais encore enfant. J'avais gardé de lui le souvenir très doux d'un chevalier habile au maniement des armes. Je retrouvais un homme dont la prestance m'éblouit. Il était un des êtres les plus beaux qu'il m'ait été donné de contempler. Sa haute taille rendait par contraste mon royal époux plus fluet encore. Son visage respirait la noblesse et s'animait sans cesse de plaisantes anecdotes, rendant sa compagnie des plus agréables. Je retrouvais enfin, dans cette cour idéale, accueillante aux troubadours, la poésie et les jeux d'esprit que j'affectionnais.

J'étais flattée que mon oncle recherche ma compagnie, qu'il me consulte en toutes choses et fasse grand cas des opinions que je pouvais énoncer.

Plus urgent que le pèlerinage à Jérusalem, Raymond estimait primordial de reconquérir Édesse, dont la perte avait déclenché la croisade. Je partageais en tous points son avis. À notre grand étonnement à tous deux, Louis VII opposa à cette mesure de bon sens une sourde hostilité. Plus Raymond et moi tâchions de le convaincre, avançant des arguments irréfutables, plus mon époux se murait dans une obstination grandissante qui finit par m'indisposer. Tout lui fut bientôt prétexte à chicanes et bouderies : les interminables réunions politiques qui nous réunissaient Raymond et moi, la joie qui se peignait sur mon visage à chaque apparition de mon oncle, les rires et la complicité qui nous unissaient... Louis VII détestait que nous nous exprimions dans notre langue d'oc, à laquelle il n'entendait rien. Ce qui nous faisait pouffer de rire comme deux jouvenceaux.

Mais l'heure était grave, et j'étais de plus en plus atterrée par le manque de discernement politique de Louis.

À court d'arguments, Raymond décida de réunir tous les chevaliers en assemblée, afin de convaincre Louis du bien-fondé de la conquête d'Édesse, seule manière d'arrêter la poussée turque.

Au matin de ce jour-là, nous nous étions querellés à propos d'un merveilleux coffret d'ivoire ouvragé de scènes pieuses que Raymond m'avait fait parvenir, accompagné d'un mot de sa main. Alors que je dansais de joie devant la merveille, le roi m'avait ordonné de renvoyer ce présent qu'il jugeait disconvenant. J'avais bien entendu refusé et couru remercier mon oncle bien-aimé, le seul, en ces lieux, qui semblait me comprendre et agir selon mes plus intimes inclinations.

La réunion eut bien lieu mais ne fut point couronnée de succès. À bout d'arguments, les chevaliers, mon oncle et moi comprîmes que notre cause était définitivement perdue. Louis, drapé dans ses certitudes, quitta les lieux sans nous saluer. J'étais si furieuse de cet échec que je dus me mordre les lèvres jusqu'au sang pour retenir ma langue chargée d'invectives.

Raymond, découragé, me fit un signe de tête et je le suivis à travers les corridors du palais.

Nous arrivâmes aux écuries. Tandis que deux chevaux étaient prestement sellés, une servante drapa mon visage du voile porté par les femmes d'Antioche, ce qui rendit aussitôt ma physionomie impossible à identifier. J'étais reine, et la reine en moi savait fort bien que l'escapade secrète ourdie par Raymond était des plus dangereuses pour ma réputation. Mais la colère dominait mon esprit, la colère et quelque chose d'autre qui palpitait en moi lorsque mon oncle posait les yeux sur moi.

Je fis taire mes scrupules en me souvenant qu'enfant, à Bordeaux, Raymond nous avait, ma sœur Pétronille et moi, plusieurs fois menées en promenades. La différence était que j'étais devenue femme et que nous étions seuls.

Nous quittâmes la cité par une porte dérobée et galopâmes jusqu'au rivage. Raymond prit soin de nous mener sur des plages désertiques, baignées par des vagues régulières. Nous contournâmes une herse rocailleuse pour parvenir à une anse ourlée de sable blond. Raymond rapprocha sa monture de la mienne. Sans mot dire, il me tendit la main. Je la pris. Alors, doucement, nous entrâmes dans l'onde. L'eau battait le poitrail de nos bêtes. Raymond plaça son cheval face au mien et, se penchant, saisit mon visage entre ses deux mains puissantes. Tendrement, il me donna un baiser. Je le lui rendis.

Rien ne me fera jamais oublier le trouble délicieux qui s'empara de moi à cet instant. Nous restâmes ainsi un long moment, silencieux, puis Raymond baisa respectueusement ma main, la lâcha et nous fîmes demi-tour.

Personne n'eut jamais connaissance de notre escapade. Elle n'avait duré, pour Louis, que le temps d'une bouderie.

Pour moi, sa seule évocation en prolonge encore l'enchantement.

Mon oncle ne se résolvait pas à l'échec de son plan. Il y allait de l'avenir de sa principauté. Il lui fallait l'appui des forces armées de Louis – ce qu'il en restait tout au moins – pour attaquer Alep, principale menace sur les États latins de Terre sainte et plus particulièrement sur Antioche.

Aussi, après une énième concertation, il résolut de tenter le tout pour le tout et voulut s'entretenir avec le roi en ma seule présence.

Alors que Raymond réitérait calmement sa démonstration Louis se mura dans un silence hostile. J'aurais préféré des cris, des coups pourquoi pas, plutôt que ce rien qui ruinait les espoirs de la croisade, l'entraînait une nouvelle fois à l'échec et mettait mon oncle dans une situation périlleuse.

Je fis valoir mon point de vue, strictement identique à celui de Raymond, et suppliai mon époux de faire preuve de clairvoyance.

Louis me regarda, goguenard, et me demanda soudain si d'autres intérêts, hors ceux de la politique, motivaient une telle passion à défendre la cause de Raymond.

Je pris feu.

Le ton monta. Haut. Raymond tenta de calmer le jeu mais comprit vite que toute conciliation de sa part ne faisait qu'attiser l'incendie.

Louis me fit savoir que nous allions, envers et contre tous, gagner au plus vite et directement Jérusalem.

Je refusai net, lui opposant ma volonté de demeurer à Antioche. Il resta un instant interloqué devant ma rébellion.

Interrogé du regard par Louis, qui pensait trouver en lui le respect des valeurs maritales, Raymond répliqua au contraire, et de la manière la plus ferme et courtoise qui soit, qu'en tant qu'aîné de la lignée ducale d'Aquitaine, il ne saurait refuser protection à sa nièce.

Raymond et moi faisions front, ensemble.

Devant la gravité de l'outrage, Louis blêmit et attrapa mon bras avec une dureté que je ne lui connaissais pas. Je me dégageai de son emprise et me plantai au côté de Raymond. Louis voulut répéter son geste. J'arrêtai son élan d'une seule phrase :

— Brisons là, sire. Dieu ne saurait supporter plus avant

des époux coupables à ses yeux d'une parenté qu'Il a toujours condamnée. Vous n'êtes pas sans savoir que nous sommes liés aux quatrième et cinquième degrés. Par là même, sire, nous vivons dans le péché et sommes ainsi promis à la plus terrible damnation. Pis encore : aux yeux de l'Église et du droit canonique, notre mariage est tout simplement... NUL.

Le coup porta. Louis s'affaissa. Il demeura un instant interdit, les yeux vagues, puis, silencieux, quitta la pièce.

Au milieu de la nuit, Thierry de Galeran, le méprisable eunuque et conseiller intime de mon époux, me fit réveiller, vêtir en toute hâte, et m'escorta sous bonne garde jusqu'au convoi franc qui m'attendait pour quitter Antioche.

Je fus placée d'autorité sur un cheval, encadrée par des chevaliers, et dus quitter la cité en catimini à la suite de mon époux, sans même avoir pu saluer mon oncle.

On m'arrachait par la force du paradis.

Ce ne fut qu'un an plus tard, sur la route du retour, alors que nous faisions halte à la cour du roi Roger de Sicile, après moult mésaventures, que j'appris la mort de mon oncle Raymond d'Antioche.

Peu de temps après mon départ, alors qu'il repoussait une invasion de l'émir Nur ad-Din, il lança un assaut héroïque contre les mahométans. Privé du soutien qu'auraient pu lui apporter les troupes du roi Louis VII, il savait la victoire impossible. Épuisé moralement comme physiquement, il comprit sa cause perdue et se laissa tuer.

Sa noble tête, tranchée, fut envoyée en trophée au calife de Bagdad.

Larrasoaña, 14 mars 1200

À la nuit tombée, sous notre tente-palais, tandis qu'elle se concentre sur la lecture d'un manuscrit, je peux observer à loisir mon auguste aïeule.

Quel visage avait-elle à mon âge ? Je suis la ligne de son front, plissé par des dizaines de rides au maillage m'évoquant ceux des roches de Castille, quand, ventre nu, la pierre dévoile les strates anciennes qui la composent.

Le nez est fin, de proportion parfaite, juste troublé par une légère bosse en haut de l'arête, minuscule contrefort sur cette ligne de crête. J'aimerais – mais n'oserai bien entendu jamais – passer mon doigt sur ce paysage animé d'une seule colline.

Sa bouche, plus généreuse que la mienne, dévoile des dents curieusement peu gâtées pour son âge avancé. Aliénor m'expliquera plus tard qu'elle les frotte matin et soir d'une racine exotique venue d'Orient, propre à en préserver la vigueur.

La duchesse reine n'apparaît jamais en public sans une barbette blanche, un large bandeau qui lui entoure le menton, dissimule ses oreilles, remonte jusqu'au front. Un voile léger est posé sur le dessus, maintenu par une fine couronne d'or rehaussée de motifs. Pas un cheveu ne dépasse de cette gangue soyeuse. Son visage en est comme projeté en arrière, les yeux étirés vers les tempes. Elvira et moi avons essayé de reproduire cette coiffe, si inhabituelle en Castille. Nous avons vite compris que la tension ainsi obtenue permettait de lisser le visage et d'en aplanir les reliefs disgracieux. Je songe alors qu'il m'en faudra souvenir le moment venu et constate qu'Aliénor est toujours soucieuse d'entretenir sa légendaire beauté.

Ces nuits sous la tente royale me permettent de fracturer son intimité. Avec son tacite accord. Ainsi, elle ne me congédie plus au moment où, convoquant ses servantes, elle s'apprête au lever.

Je la vois ainsi chaque matin débarrassée de ses habits de reine, visage nu, cheveux lâchés en une nappe de neige qui recouvre ses épaules et floconne jusqu'à sa taille. Son visage, délivré de sa gangue de soie, semble plus vague, plus doux aussi ; les contours plus moelleux, presque incertains. Chaque matin, le même rituel : sa servante divise sa chevelure en deux boisseaux bien nets, les enduit d'onguents, les peigne longuement et entreprend de les natter avant de les rassembler sous la nuque et de les recouvrir du bandeau, mis en tension grâce aux doigts agiles des servantes qui courent sur la peau, la lissent et l'arriment à ses bornes d'étoffe.

Aliénor arbore alors son visage de reine à l'égale physionomie. Moi seule sais, désormais, qu'un paysage de neige désordonné et sauvage se dissimule sous son strict voile.

Larrasoaña, 15 mars 1200

Des hurlements me réveillent en sursaut. Aliénor enfile une chaude pelisse et intime à Alto et Dux l'ordre de se calmer.

Les grands chiens, devenus comme fous, grondent et cherchent à sortir de la tente.

— Demeure dans ton lit, Blanche. Ce sont sûrement des loups qui rôdent. N'aie pas peur. Ici tu ne risques rien.

Don Carlos arrive promptement :

— Majesté, une horde de loups vient d'attaquer l'enclos de nos bêtes. Au vu des traces, ils sont fort nombreux. Je m'y rends immédiatement et reviens vous informer de leurs méfaits. Prions qu'il n'y ait pas trop de pertes.

— Prenez mes chiens, don Carlos. Lâchez-les. Ils sauront les mettre en déroute et les dissuader de rester près de notre campement.

Je suis abasourdie par l'ordre d'Aliénor. Comment peut-elle faire courir un tel risque à ses chiens qu'elle aime pareillement à des êtres humains ? Alors que je lui fais part de ma surprise, sa réponse fuse, mordante :

— Tu préfères peut-être que des hommes se fassent égorger ?

Dehors on crie, on s'agite, on s'invective. À travers la toile, j'aperçois la lumière mouvante des flambeaux. Un remue-ménage fiévreux s'est emparé de notre campement.

Don Carlos revient après un très long moment. Seul Alto l'accompagne.

— Majesté, les loups ont égorgé deux jeunes bœufs porteurs de charges. Il est miraculeux que nous n'ayons pas davantage de pertes. Vos chiens les ont fait fuir dans les bois qui nous entourent. L'obscurité y est profonde et j'ai interdit à nos hommes de s'y aventurer. L'un de vos chiens n'a toujours pas reparu.

— Vous avez fort bien agi, don Carlos. Merci.

Alto vient se blottir contre Aliénor. Sur son pelage, de larges traînées de sang. Il ne paraît pas blessé, seulement épuisé.

— Brave, mon chien, brave. Viens à la lumière que je t'examine... Pas de blessures, me semble-t-il. Don Carlos, faites placer des flambeaux autour de l'enclos des bêtes. Et quelques gardes armés. L'aube ne devrait pas tarder à poindre. Dès le jour levé, nous ne risquerons plus aucune attaque. Remercions Dieu que les pertes n'aient pas été plus lourdes.

Aliénor se recouche. Je n'ose pas lui parler de Dux.

À l'aube, j'entends gémir à l'entrée de la tente. Alto se lève d'un bond et se met à aboyer. Dux est là, chancelant, oreille arrachée, plaie ouverte au flanc, en bien piètre état, mais vivant.

Aliénor se jette hors du lit et s'agenouille devant le blessé. Elle pleure de bonheur. Elle ordonne aussitôt qu'on lui apporte ses onguents et, installant une large pelisse devant le feu, prodigue à la bête exsangue des soins attentifs.

Étrange reine, si impressionnante, si sévère souvent, mais tombant à genoux devant les souffrances d'un simple animal.

Nous repartons au matin. Nous savons que le chemin, en pleine montagne, sera ardu. Mais la fatigue sera compensée par la promesse de dormir dans un bon lit, ce soir, au monastère qui jouxte l'hôpital de Roncevaux.

Roncevaux, 15 et 16 mars 1200

La neige, de son épaisseur légère, étouffe ce qu'elle recouvre. La mort possède ce même pouvoir. Les deuils, tous ces deuils endurés abrasent mon chagrin, le consument à l'os. Je ne sais même plus ce qu'est la souffrance tant elle m'est familière. C'est un état permanent, et seule ma volonté lui résiste. Mais jusqu'à quand ? Il me faut, pourtant, conduire Blanche vers son destin. Il me faut, aussi, guider Jean dans la tenue des affaires du royaume. Après, seulement, je te retrouverai, Richard, au cœur de l'abbaye où tu m'attends.

Tu aurais été satisfait, je crois, que mon choix se soit porté sur Blanche plutôt qu'Urraca.

L'aînée était plus belle, plus délicate dans ses goûts et dans sa mise. Mais la cadette m'est apparue plus vibrante, profonde et vive à la fois, portée par une foi incandescente. Elle questionne chaque chose et manifeste un intérêt pour chacun. Elle est douce avec les faibles, et sage, bien qu'encore sujette aux emportements de l'enfance. Elle goûte la poésie, le latin, la musique, tout ce qui élève l'âme. Son cœur, loyal, s'affirmera dans les épreuves. On dit le jeune prince Louis vaillant et de tempérament résolu. Je prie chaque jour pour que Notre-Seigneur, qui a voulu unir ces deux êtres, leur permette de mener à bien leurs devoirs et d'accorder leurs cœurs.

Il me plaît et m'effraie de penser que Blanche suivra

peu ou prou le même chemin que moi. Celui qui attend les reines. Puisse-t-elle le mener avec tempérance et surmonter les épreuves qui ne manqueront pas. Comme moi, elle découvrira un monde étranger et devra s'y adapter...

Il y a fort longtemps que je n'ai repensé aux sentiments qui m'ont assaillie lorsque je suis arrivée, si jeune et nouvellement reine des Francs, dans un Paris sale et gris, au sein de cette cour capétienne morose, orpheline de musique et de poésie. On m'a conté qu'aujourd'hui la cité, sous l'impulsion du roi Philippe Auguste, s'est dotée d'une forteresse, le Louvre, percée en son centre d'un imposant donjon circulaire, et qu'une cathédrale en pierre blanche vouée à Notre-Dame s'élève lentement au cœur de la cité...

Paris offrira heureusement un tout autre visage à Blanche que celui qu'il m'a réservé lorsque j'y parvins, au lendemain de mes noces avec Louis VII, en ce mois d'août 1137...

Sitôt arrivée, j'imposai à la cour mes goûts et ma personnalité. Après tout, n'étais-je pas la reine ? On me le reprocha fort et de la plus injuste façon, sournoise et lâche. Aucune provocation ne m'animait pourtant. J'étais tant désorientée par ce palais, ces gens, ces manières, que je voulais simplement les animer de ce que j'aimais : la poésie, la gaieté, les chansons, les rires, les vêtements éclatant de couleurs, les fruits de soleil... Mon époux me laissait faire à ma guise. Il ne savait rien me refuser, cherchant sans cesse à me plaire et me donnant moult gages de son respect et de son attachement, prenant en toutes circonstances ma défense.

La reine Adélaïde, sa mère, vint rapidement lui souffler que j'étais de fort mauvaise tenue, dispendieuse à l'excès et de piètre conseil. Louis me l'avoua et j'entrepris dès lors de mener à cette femme prétentieuse une guerre que j'eus tôt fait de gagner.

Elle se retira alors dans ses terres, ayant pris soin

auparavant de prier mon époux de faire montre de davantage d'autorité à mon égard. Bien sûr, il n'en fut rien, et je continuai à provoquer l'indignation contenue d'une cour que je détestais. Ma jeune sœur Pétronille m'était de la plus douce compagnie. Nous parlions en langue d'oc et de façon fort ostensible sitôt que se présentait quelque opposant à nos desseins.

Après huit ans d'espoirs déçus, j'enfantai enfin une fille, Marie. Deux ans plus tard, nous partîmes pour la croisade. Vint l'incident d'Antioche, ma demande de séparation faite au roi puis le départ précipité afin de m'éloigner, de force, de l'influence de Raymond, mon oncle bien-aimé...

Sur le tumultueux chemin du retour, nous nous arrêtâmes en Italie. Le pape Eugène III nous reçut à Tusculum. Il s'employa à nous réconcilier et y parvint si bien que nous confirmâmes notre union oralement et par écrit. Je devais donner naissance à ma fille Alix quelques mois plus tard.

À Paris, la vie reprit plus morne qu'auparavant. Je ne cessais de comparer mon existence avec celle qui aurait pu être la mienne si j'avais épousé un personnage à la mesure d'un Raymond d'Antioche ou même d'un Manuel Comnène, au lieu de l'être rigoriste qu'était mon époux.

Dans mon dos, on chuchotait. En treize ans, je n'avais eu que deux filles alors que le roi, la cour et le pays tout entier réclamaient un héritier mâle. On me disait trop vieille, désormais, pour espérer enfanter. On me prétendait aussi infidèle, capricieuse et plus assoiffée de pouvoir qu'un homme. D'ailleurs Louis, depuis notre retour de croisade, ne m'associait plus à son gouvernement, s'en remettant entièrement à l'abbé Suger. Il me privait de ce que je préférais : comprendre, réfléchir, décider, tirer les fils de cet écheveau politique qui me faisait penser à un gigantesque jeu d'échecs.

Un différend entre Louis et l'un de ses vassaux, Geoffroy le Bel, surnommé Plantagenêt, prétendant au trône d'Angleterre, allait pourtant changer à tout jamais ma destinée.

Le cas était d'importance : Bernard de Clairvaux, saint homme aux terribles prédications, s'était déplacé en personne pour arbitrer un conflit de territoire entre Geoffroy Plantagenêt et son fils Henri, auquel son père venait d'accorder le titre de duc de Normandie. Les deux hommes, dont la puissance sur leurs terres normandes et la volonté acharnée de reconquérir leurs droits sur l'Angleterre inquiétaient mon époux, séjournèrent donc plusieurs jours à la cour capétienne en ce brûlant été 1151.

Si le père portait toujours beau depuis la croisade où il nous avait jadis accompagnés, c'est son fils Henri, dix-huit ans, qui me fit la plus forte impression. Petit, râblé, son corps musclé semblait taillé à la hache dans le meilleur des bois. Il se déplaçait sans cesse en parlant, décochant des regards lui permettant d'évaluer l'état d'esprit de ses interlocuteurs. Ses propos étaient aussi vigoureux que lui : brillants, érudits, d'une intelligence fulgurante et semés, pour en atténuer le tranchant, de références littéraires et latines. Le verbe haut, le rire insolent, il me plut immédiatement.

Il n'était pas beau, pourtant. Une tête large posée sur un torse de lutteur, des yeux à fleur de tête, un groin en guise de nez, des lèvres pleines et une masse de cheveux blond-roux qui semblaient annoncer l'incendie qui le consumait. Son humour, volontiers paillard, indiquait un tempérament de jouisseur, volcanique et sensuel. Je compris vite, en l'observant, que cet homme d'instinct et de passion était d'une nature peu commune, aussi libre dans ses jugements que dans ses actes. Redoutable bretteur, il pouvait être traversé de fulgurants accès de bile noire. Il explosait littéralement sous le coup de la colère et ses yeux, alors, perdaient leur eau claire pour se charger de sang.

La première fois que je vis Henri, de dix ans mon cadet, quelque chose bougea dans mon ventre, qui ressemblait autant à une faim qu'à un appel. Je sentais que ce jeune homme d'une absolue maturité serait à même de combler la béance de ma vie. Tout en lui m'attirait. En sa compagnie, je redevenais jouvencelle.

Il parut bien vite que cette attirance était réciproque. Henri me couvait du regard, plantait dans mes yeux les germes d'un désir qu'il ne cherchait pas même à dissimuler. Nos discussions étaient aussi riches qu'enflammées. Je trouvais en lui un interlocuteur brillant, doublé d'un fin politique et stratège. Et quel charme ! En toutes choses, il mettait du piquant et poussait chacun à se dépasser, de façon à atteindre sa propre hauteur de vue.

Les jours passant, cette inclination réciproque ne cessa de croître. La pensée d'Henri occupait mes jours et mes nuits. Elle me dévorait, réveillait en moi des désirs réfrénés, une ardeur à vivre que j'avais abandonnés, jadis, sur une plage d'Antioche.

Mais il fallut pourtant me raisonner.

À force d'obstinées batailles, Henri parviendrait sans doute un jour à récupérer le trône d'Angleterre – qui fut jadis injustement volé à sa mère Mathilde l'Emperesse, seule enfant légitime vivante du roi Henri Ier d'Angleterre, par son cousin félon, Étienne de Blois.

Par la volonté de Dieu, si l'Angleterre redevenait enfin Plantagenêt, Henri deviendrait par là même, à la mort de son père, roi... Mais quand ? À trente-sept ans, Geoffroy Plantagenêt était dans la force de l'âge et se portait fort bien... La situation était par trop incertaine et l'attrait qui nous aimantait, Henri et moi, insuffisant à lui seul pour que j'y risque mon statut de reine... Même s'il me plaisait de penser que la Normandie, l'Anjou et le Maine formaient un riche et puissant territoire jouxtant mon Aquitaine et qu'une union entre Henri et moi serait le ferment d'un royaume deux fois plus grand que celui du Capétien...

Louis, mon époux, sentit avant tout autre notre attirance mutuelle. Il en conçut une jalousie terrible, provoquant des scènes incessantes entre nous. Je savais que notre union allait sur sa fin. Mais je n'avais d'autre choix, à vingt-sept ans, que de supporter cette situation.

C'est alors que se produisit l'impensable : le 7 septembre 1151, deux semaines après que Geoffroy et Henri Plantagenêt eurent quitté Paris, emportant avec eux mes espoirs déçus, on nous annonça la mort de Geoffroy.

Sur le chemin du retour vers l'Anjou, indisposé par la forte chaleur qui régnait alors, il s'était baigné dans une rivière près de Château-du-Loir, afin de se rafraîchir. Une fièvre le prit peu après, qu'aucune médecine ne put enrayer. Geoffroy Plantagenêt succomba quelques jours plus tard.

La disparition inattendue du père changeait la donne pour le fils qui devenait dès lors un personnage politique de premier plan. Duc de Normandie, maître du Maine, de l'Anjou et de la Touraine, l'héritier comptait bien mettre les bouchées doubles pour récupérer aussi – au plus vite – le trône d'Angleterre.

Henri Plantagenêt était devenu un partenaire à ma mesure.

Roncevaux, 16 mars 1200

Dans quelques instants, nous serons à la lisière des terres de la duchesse Aliénor. Il me tarde d'arriver à Bordeaux, dernière étape du voyage, d'où les nobles castillans me mèneront en France pour y épouser le prince Louis.

La halte de deux nuits à Roncevaux, le grand monastère perdu dans les montagnes, s'annonce réconfortante.

À notre arrivée, je demande une étuve chaude pour y délasser mes membres engourdis par le froid et les cahots du voyage. Chacun va pouvoir dormir dans un lit ou sur un bon matelas de paille. Je retrouve avec bonheur une table stable et de quoi travailler et méditer sur les Saintes Écritures.

Un frère apothicaire soigne les petits maux du voyage. Aliénor a ordonné que nos gens soient examinés avant nous. Ce matin, je l'accompagne, escortée d'Elvira et de don Carlos, dans la grande salle claire où officie un petit moine bedonnant au visage avenant. Je tousse beaucoup et souffre depuis quelques jours d'une brûlure au fond de la gorge. Après m'avoir questionnée, le moine prépare une décoction à partir de plantes et d'aromatiques. Il me recommande d'en prendre trois fois le jour et de soigneusement couvrir ma gorge d'un emplâtre la nuit durant.

Puis, se tournant vers Aliénor, la questionne sur les besoins qu'elle-même aurait de quelque médecine.

— Merci, mon frère, je me porte, grâce à Dieu, tout à fait bien. Mais votre science des plantes va m'être de grande utilité. Il se trouve qu'un de mes chiens a été sérieusement blessé en repoussant une attaque de loups. La plaie n'est pas belle, cela me soucie fort. Je souhaite donc que vous l'examiniez et lui concoctiez un remède capable, je n'en doute nullement, de le remettre rapidement sur pattes.

Le moine devient rouge. Puis blanc. Il se tord les mains. Ouvre la bouche. La referme. Impossible de refuser les soins qu'ordonne la reine d'Angleterre. Mais soigner un chien ! Pas même une créature de Dieu ! Le dilemme qui l'agite est visiblement si violent qu'il se tortille comme un ver.

Aliénor, plus royale que jamais, ajoute :

— Allons mon frère, allons, sans plus tarder. Blanche et sa servante vous assisteront : c'est un animal de grande taille et de fort caractère.

Et se tournant vers nous, elle nous adresse un clin d'œil malicieux.

Tandis que nous traversons les couloirs glacés du monastère, Elvira et moi chuchotons tout bas. J'ignorais qu'Aliénor fût capable de pareille drôlerie. Elle sait pertinemment que l'Église abhorre les chiens, ces dévoreurs de cadavres considérés comme des créatures quasi diaboliques. Il est d'ailleurs interdit aux religieux d'en posséder. Mais elle n'en a que faire et nous l'entendons expliquer au moine frappé de stupeur que ses deux chiens dorment chaque nuit sur des couvertures de fourrure, au pied de son lit, et n'hésitent pas à monter dessus si l'envie leur en prend.

Le moine se sait condamné à obéir. On ne discute pas les ordres de la duchesse reine. Même le prieur du monastère de Roncevaux ne peut rien pour lui. Pis, il se pourrait qu'il écope de privations de nourriture pour avoir fait preuve de mauvaise volonté envers Aliénor, reine par la grâce de Dieu. Il soupire et écoute, aussi effrayé que résigné, la flamboyante Aliénor lui narrer les exploits de ses chiens.

Elvira et moi étouffons un fou rire dans nos voiles quand

le malheureux moine découvre Dux, oreille et poitrine bandées, étendu de tout son long sur des peaux de renard.

Il pousse malgré lui un cri et, oubliant toute contenance, recule en se signant frénétiquement :

— Par le diable, c'est... c'est... c'est un loup !

Aliénor le retient par sa coule.

— Mon frère, gardez le diable pour des créatures plus funestes. Il ne s'agit là que d'un chien, certes plus grand et plus fort que la moyenne, mais qui ne vous fera aucun mal... si vous ne le provoquez pas.

Ce disant, elle l'entraîne à son corps défendant devant Dux qui remue faiblement la queue. Aliénor s'agenouille auprès de l'animal, caresse sa tête et enjoint au moine de se placer près d'elle. Lentement, prenant grand soin de ne pas le blesser davantage, elle enlève ses bandages afin que le religieux puisse constater l'état des plaies.

Elvira et moi nous plaçons de part et d'autre de l'animal.

Le moine a le visage décomposé. Il se penche néanmoins et examine Dux, sans pour autant le toucher.

— Alors ? demande Aliénor.

— Majesté, le poitrail ne présente que des plaies superficielles. L'oreille est plus atteinte, mais je pense pouvoir enrayer le mal grâce à des onguents... même si...

— Même si ? reprend Aliénor.

— Même si je n'ai jamais, Dieu m'est témoin, soigné une... une... bête.

— Gageons que Notre-Seigneur saura vous en récompenser. Quant à moi, soyez certain que je ne l'oublierai pas.

Aliénor obtient toujours ce qu'elle veut. Mère me l'a souvent répété :

« Ce qu'elle convoite, elle l'obtient. Ce qu'elle veut, elle l'a. Ce qu'elle décide, elle le met en œuvre. Rien ni personne ne peut arrêter ou contredire sa volonté. C'est l'être humain le plus farouchement inflexible que j'aie rencontré. »

Ce soir nous soupons près d'un grand feu. Le prieur me raconte l'histoire de Roland, ce valeureux chevalier, neveu de Charlemagne, pris en embuscade par les Sarrasins à quelques pas d'ici. Avant de trépasser, Roland eut le courage de sonner dans son olifant pour prévenir Charlemagne ; il tenta de briser Durandal, sa légendaire épée, afin qu'elle ne soit pas souillée par les infidèles.

Ce matin, il m'a conduite devant les tombeaux des chevaliers de Charlemagne. On prétend qu'il suffit aux malades d'en respirer l'air pour qu'aussitôt, ils soient guéris.

Alors que nous regagnons nos appartements, je confie à Aliénor la réflexion de ma mère. Elle sourit finement :

— Inflexible ? Puisqu'elle le dit…

Saint-Jean-Pied-de-Port,
17 mars 1200

La descente vers la ville nouvellement créée de Saint-Jean-Pied-de-Port est plus aisée que prévu. Nulle pluie ne vient alourdir la terre du chemin. Le brouillard lui-même s'est rapidement dissipé pour laisser entrevoir de timides trouées d'azur.

Aliénor fait arrêter quelques instants la caravane alors que la route bascule vers l'autre versant de la montagne. Elle descend de sa litière et me demande de la rejoindre.

Là, entourée des servantes, des pages, de don Carlos et de monseigneur de Malemort, elle entame à voix haute un Notre Père suivi d'un Je vous salue Marie. Chacun reprend à sa suite les prières. Puis, l'archevêque me bénit et me recommande à Dieu.

Je dois quérir toute ma volonté pour ne pas pleurer en scrutant l'horizon où, très loin, s'étend le royaume de mon père. La séparation d'avec les miens est plus tangible encore alors que la caravane reprend sa lente marche vers mon destin.

Ce soir, nous dormirons au sec, dans le château de Mendiguren appartenant au roi de Navarre, Sanche VII le Fort, avant de faire halte, le jour d'après, à Ostabat.

Saint-Palais, 19 mars 1200

Le ressac des cailloux sous les roues du chariot violente mes os. Le vent, le froid, la neige et la pluie ravivent les douleurs de ma vieille carcasse. Ces maux des grands voyageurs, pourtant, je les endure avec patience. Avec reconnaissance, oserais-je dire. Désormais, je savoure la liberté d'aller où bon me semble.

Qu'elles me paraissent loin les quinze années de ma captivité en Angleterre, surveillée sans relâche par Ralph Fitz-Stephen et Ranulf de Glanville, les geôliers enrôlés par mon époux le roi Henri II.

Quinze ans d'isolement pour avoir défendu le droit de mes fils.

Quinze ans confinée sous haute surveillance pour m'être opposée à lui et avoir entraîné Henri, Geoffroy et Richard dans ma révolte.

Las ! Je ne veux pas, en cette aube fraîche d'Aquitaine, ressasser cette querelle, morte avec mon mari. Mais me souvenir, seulement, de l'absolu qu'elle a forgé en moi, frappée au fer de cet exil forcé, de cette solitude contrainte, de cet isolement hostile.

Le temps est une substance. Il se modèle.

Peu à peu, j'appris qu'il pouvait être apprivoisé à condition de l'encager dans des rites immuables. Les séjours à Fontevrault, le partage des journées fragmentées des moniales m'ont entraînée à cette observance. L'absence de hâte, d'inquiétude, l'intimité même qui se dégageait de leur silence inspirèrent mes propres journées.

Chacune de leurs tâches, accueillie non comme un fardeau, mais comme une offrande, devenait un événement. Leurs journées, divisées en séquences alternant travaux et prières, m'offraient un cadre idéal à reconstituer.

C'est à Fontevrault que j'entraperçus aussi une vérité : le fait même de ne pas parler, expérience contre nature et en tous points désagréable pour moi, allégeait le temps, le débarrassait de ses scories, le clarifiait. J'eus tout le loisir de le vérifier ensuite : la parole n'est souvent que bruit.

Captive des donjons anglais, j'inaugurais par le silence un long dialogue avec moi-même, traversé par des abîmes de doute et d'abattement. Mais peu à peu, je me sentis plus libre. Mes pensées ne connaissaient plus de barrières, sinon celles que mon esprit leur ordonnait. Je tâchais alors de les laisser filer comme des nuages balayés par le vent.

Chaque jour devenait un territoire intime à conquérir. Il fallait l'aborder avec méfiance. Ne jamais relâcher sa vigilance. Offrir un visage impassible à mes cerbères, trouver dans la litanie des heures une mélodie propre à nourrir mon esprit. Capturer chaque parcelle de beauté et m'en faire un autel. Ainsi guettais-je le chant d'un oiseau, les premiers crocus au sortir de l'hiver, un rayon de soleil traversant le mitan de ma chambre. Un vin d'excellence me procurait une joie sans égale. De même qu'un mets. Je tâchais d'être présente à chaque instant, de me concentrer sur d'infimes sensations, jusqu'à m'en enivrer.

Je me souviens qu'une orange – présent offert pour Noël par un de mes partisans revenu d'Orient –, pelée au coin du feu, m'apporta, un soir d'hiver, une indicible ivresse.

J'en scrutais l'écorce, la reniflais, imaginais l'arbre sur

lequel elle avait poussé – et cette évocation m'entraînait irrésistiblement vers Antioche et ses jardins parfumés.

Je la griffai légèrement pour lui faire exhaler ses effluves, qui imprégnèrent longtemps après le bout de mes doigts. Vint ensuite le temps de l'épluchage. Je choisis avec soin le couteau propre à ciseler la peau sans l'écorcher, à en détacher les quartiers sans en violer la membrane translucide.

Je jetai les épluchures dans le feu qui crépitait de joie. Et je glissai un à un dans ma bouche les quartiers du fruit, imaginant savourer une petite lune sucrée, granuleuse, dont je sifflai les pépins au cœur de l'âtre, comme nous le faisions, enfants, ma sœur Pétronille et moi.

Ces quinze ans de confinement forcé m'apprirent à me contenter d'un regard plutôt que d'une conversation.

À trouver dans un sourire la force de supporter une journée.

Surveillée constamment, je pouvais toutefois, et sous garde vigilante, galoper au grand air.

C'est aux alentours de Salisbury, où j'ai passé, avec le château de Winchester, le plus clair de ma captivité, que je préférais chevaucher.

À quelques lieues de la forteresse, au cœur de la plaine désolée qui s'étendait alentour, s'élevait Stonehenge, but favori de mes échappées. Il me suffit de fermer les yeux pour revoir ce site à nul autre pareil.

Pareils à des colosses, d'immenses blocs de pierre se dressent, formant quatre cercles. Certains sont coiffés d'un linteau de roc, qui, les réunissant, peut évoquer une table ou un banc, disposés pour un banquet de géants. Pour moi, je préférais y voir des portes, ouvertes vers un monde inconnu.

J'aimais m'y réfugier, m'asseyant au centre de leur ronde muette, guettant le soleil qui fichait dans l'herbe ses rayons démesurés.

Je m'y sentais minuscule mais grandie par un indicible

mystère. J'avais l'impression que Dieu avait choisi ce lieu pour signifier sa puissance et que ces pierres avaient été placées là par Merlin pour rappeler que notre monde n'est qu'une marche vers un autre royaume.

J'y méditais des heures entières, absorbée par le spectacle des pierres. Leur silence répondait au mien. La question même de leur présence épousait la mienne, qui restait sans réponse : que serait demain ?

Sorde, 21 mars 1200

La Bidouze est en crue. Depuis que nous avons quitté Saint-Jean-Pied-de-Port, il y a trois jours, il ne cesse de pleuvoir. La rivière, en contrebas de la fondation royale qui nous a abrités pour la nuit, roule des eaux gonflées d'alluvions.

Aliénor semble ragaillardie d'avoir retrouvé sa chère Aquitaine. Tout au long du trajet qui nous mène à l'abbaye de Sorde, elle commente l'état de ses terres :

— Vois, Blanche, sur chaque cours d'eau que compte mon duché, les moulins se dénombrent aujourd'hui par centaines. La force de l'eau actionne les meules qui broient le blé ou le tan, brasse la bière, lance les tours à bois, bat le chanvre, foule le drap... Le travail est désormais plus aisé, plus précis et aussi plus efficace. De nouveaux villages ne cessent de se bâtir, gagnés sur les friches. Et regarde tous ces moutons ! Leur élevage s'intensifie tant et si bien que bientôt nos pâtures seront semblables à un ciel empli de nuages. Et puis de nouvelles villes apparaissent, qui s'entourent de murailles. L'Aquitaine n'a jamais été aussi puissante et prospère. Et le sera encore plus grâce aux libertés communales que j'accorde.

Je ne suis pas passionnée par les considérations politiques mais comprends que mon devoir de future reine est de m'y intéresser :

— Comment cela ?

— Eh bien, je suis certaine que sous le règne de mon fils Jean, les bourgeois deviendront de plus en plus influents. J'en suis si intimement persuadée que je leur accorde des libertés communales, sous garantie de mettre, si besoin, leur force et leurs deniers au service du roi. Sais-tu que j'ai assisté à l'élection du premier maire de La Rochelle, Guillaume de Montmirail, il y a quelques semaines ? La ville dispose désormais de pouvoirs judiciaires et politiques étendus. J'ai d'ailleurs dans ce coffre la copie de la chartre en question, veux-tu la voir ?

— Volontiers.

Pas vraiment, en réalité, mais je n'oublie jamais que les suggestions d'Aliénor sont des ordres déguisés en requêtes.

Nous concédons, à tous les hommes de La Rochelle et à leurs héritiers, une commune jurée à La Rochelle afin qu'ils puissent mieux défendre et plus intégralement garder leurs propres droits, sauve notre fidélité, et nous voulons que leurs libres coutumes soient inviolablement observées et que, pour les maintenir et pour défendre leurs droits et les nôtres et ceux de nos héritiers, ils exercent et emploient la force et le pouvoir de leur commune quand ce sera nécessaire contre tout homme, sauve notre fidélité.

— Qu'en penses-tu ?

— Je ne suis pas certaine d'être la plus avertie, mais il me semble que le procédé a ceci de sage et d'ingénieux qu'il accorde certaines libertés tout en contraignant à une utile réciprocité.

— Exactement ! C'est une réserve militaire plus fiable que celles des seigneurs dont le lien vassalique au roi est soumis à moult variations et trahisons. Ainsi, le roi Jean sait que, en cas de besoin, il peut compter sur des forces vives, dévouées et nombreuses.

Aliénor semble satisfaite de ma réponse et me décoche un regard complice.

Pour parvenir à l'abbaye de Sorde, cachée dans ses remparts, notre convoi doit traverser les gaves de Pau et d'Oloron. Étroits mais terriblement dangereux, leur cours tempétueux contraint nos gens à mettre pied à terre pour le franchir avec prudence. Aliénor est la seule à demeurer dans sa litière. Un passeur la monte sur son radeau constitué de plusieurs troncs d'arbre liés ensemble. Je tremble de voir l'esquif chavirer. Il n'en sera rien et, parvenue sur l'autre rive, Aliénor, plus royale que jamais, nous adresse des signes d'encouragement.

Elle ne m'a rien demandé, mais je comprends à son seul regard que je me dois de donner l'exemple et franchir le gave sur mon cheval malgré le bouillonnement des eaux glacées. Don Carlos attrape ma monture par la bride et me conduit à travers les flots. Parvenue sur la terre ferme, je retire et agite mes bottines remplies d'eau. J'observe avec compassion nos gens entrer dans le gave et cheminer prudemment, de l'eau jusqu'à la taille. La traversée du convoi prendra tout l'après-midi.

Nous rejoignons ensuite l'abbaye et le confort promis. La duchesse reine ordonne aussitôt qu'on allume des feux en nombre pour que ses gens puissent s'y réchauffer. Elle réquisitionne aussi tous les couchages disponibles dans le monastère et les maisons qui le bordent. Les intempéries ont affaibli le convoi, et Aliénor annonce que la halte s'étalera sur deux jours afin de donner à tous le repos nécessaire. Elle pense toujours aux autres avant elle-même.

Au sortir de l'office des vêpres, Aliénor rend visite à chacun, remercie les soldats, félicite les valets, servantes, pages et ménestrels et explique que, de ce jour, la route ne recélera plus de difficultés majeures. Un territoire aussi plat que monotone nous attend jusqu'à Bordeaux. Et, provoquant des vivats, elle ajoute que, dans les immenses cuisines du monastère, ses rôtisseurs sont déjà à l'œuvre pour préparer des dizaines de saumons de l'Adour pour le repas du soir. Voilà qui nous changera agréablement de la viande de baleine, ordinaire des repas de carême !

Sorde, 22 mars 1200

Je ne me lasse pas de contempler les mosaïques qui ornent le sol du chœur de l'église abbatiale de Sorde.

Aliénor prétend qu'elles lui rappellent celles admirées jadis à Constantinople, en plus modestes. Les motifs chatoyants se répondent : feuilles de vignes aux bois gracieux, entrelacs de cordages, feuillages majestueux ou rosaces à l'invariable symétrie. Mes préférées sont celles qui représentent des scènes animalières. Là, un long chien noir, qui ressemble à Alto et Dux, est sur le point d'attraper un lièvre aux grands yeux apeurés. L'animal a dû beaucoup courir : sa langue pend de fatigue, à moins que ce ne soit de convoitise. Plus loin, deux aigles aux ailes déployées semblent se quereller. À côté, deux fauves, dos à dos, entremêlent leurs queues, et je pense immédiatement aux guépards byzantins dont Aliénor m'a parlé.

La reine d'Angleterre se rend à tous les offices religieux. Le dialogue intense qu'elle mène avec Notre-Seigneur m'impressionne et m'effraie à la fois.

Monseigneur de Malemort m'explique qu'Aliénor prie et fait prier sans relâche pour le repos de ses morts et le salut de leurs âmes. Elle sait que Richard Cœur de Lion, son fils, craignait de séjourner au purgatoire, alors elle intercède en sa faveur et invoque la clémence divine, comme elle le fait pour feu le roi d'Angleterre son époux et ses nombreux enfants disparus. L'archevêque me raconte que sa générosité est sans fin et ses donations nombreuses envers l'Église. La première à bénéficier de sa bonté est bien sûr Fontevrault, son abbaye, le seul endroit où elle dit trouver le repos, auprès des dépouilles des siens. Lorsqu'elle ne s'abîme pas en prières, la reine reçoit les écuyers qui l'attendent à chaque étape pour l'entretenir des affaires de son duché, ainsi que de celles du royaume d'Angleterre. Son fils Jean, le nouveau roi, sollicite fréquemment son avis. J'ai la sensation qu'Aliénor est au centre de tout, et que chacun gravite autour d'elle pour tenter de lui arracher un peu de sa lumière.

Sorde, 23 mars 1200

— Majesté, le destrier est là, qui attend vos courriers. Le roi Jean est pressé de recueillir votre avis.

— Bien, qu'il patiente. J'en ai bientôt fini.

Mon fils, le roi Jean, pressé de recueillir mon avis ? L'hypocrite ! Il sait pourtant que la flatterie n'a guère de prise sur moi, spécialement s'agissant de lui.

Comment aurais-je pu imaginer que le dernier de mes fils serait un jour le successeur de son père et de son frère à la tête du royaume Plantagenêt ? Sur ton lit de mort, Richard, nous en avons parlé ensemble et avons été contraints de nous rendre à l'évidence...

En ce funeste avril 1199 qui te voit expirer, ton seul frère à te survivre est Jean, ton cadet qui t'a trahi tant de fois, piètre stratège et triste sire. Mais ne vaut-il pas mieux que ton royaume lui revienne plutôt qu'à ton unique neveu Arthur de Bretagne, fils de ton défunt frère Geoffroy ? C'est un enfant de douze ans, élevé dans la haine des Plantagenêts par une veuve aigrie qui se ferait un plaisir d'anéantir nos possessions au bénéfice des Capétiens. De plus, à cet âge, Arthur est trop immature pour régner, pour mater les incessantes rébellions des barons poitevins et les coups tordus de Philippe Auguste.

Jean, donc. Ton plus jeune frère, mon dernier fils...

Henri, mon époux, roi d'Angleterre, ne fréquentait plus ma couche que par inadvertance lorsque j'appris qu'en dépit de mon âge avancé, quarante-deux ans, j'attendais un nouvel enfant. La nouvelle ne me réjouit pas. Tout entière occupée à régenter nos terres d'Angleterre en sautant par-dessus la Manche comme on le fait par-dessus un ruisseau, je n'avais pas envie de m'encombrer d'un nouveau-né.

Jean naquit à Oxford, la veille de Noël 1166, comme une monstrueuse anomalie de la nature, un bourgeon greffé sur un arbre asséché, privé de sève. Dernier de mes cinq fils, il n'était pas destiné à monter sur le trône et n'avait droit à aucune terre en héritage, ce qui lui valut vite son surnom de « Jean sans Terre ».

Cet enfant ne servait à rien.

Je m'en préoccupais peu et le confiai à Fontevrault afin que les moines assurent son éducation. Jean révéla bientôt un détestable tempérament, impropre au respect de la parole donnée, étranger au sens de l'honneur. Dès l'âge de sept ans, il refusa obstinément de communier et opposait un rire sardonique à quiconque lui en demandait la raison.

Jean, dans les veines duquel, pourtant, coule le même sang que toi.

Dax, 24 mars 1200

J'aime Dax, sa fidélité aux Plantagenêts. Richard Cœur de Lion, mon fils, y remporta jadis une éclatante victoire sur les barons gascons. Quatre jours de siège, en janvier 1177, avaient eu raison de la fronde du vicomte Pierre II. Le traître avait choisi de se rallier au roi de France alors que la cité et ses habitants restaient fidèles à nous, Plantagenêts.

Sitôt Richard éloigné, ce fourbe avait de nouveau contesté son autorité. Après avoir réduit Bayonne, Richard revint sur ses pas et reprit la lutte. Pierre II fut tué et la cité, en remerciement, prit comme devise *Regia Semper.*

Par reconnaissance, la ville fut l'une des premières à se voir accorder des franchises. Comme pour La Rochelle, un maire y fut désigné. Pierre de Saint Paul administre aujourd'hui fort bien cette cité prospère où la langue d'oc résonne de tous ses éclats de rocaille.

Pour l'heure, on me prépare un bain avec de l'eau chaude provenant d'une source à l'intérieur même des remparts. La chaleur pénètre mes vieux os et dénoue les tensions du voyage. J'y reste plongée un long moment, le baquet placé dans l'axe des rayons du soleil, tandis qu'on renouvelle l'eau sitôt que je lève un doigt.

Henri et moi aimions jouir d'un bain pris en commun. Nous avions fait réaliser un immense baquet, tendu de linges très fins, et nous y glissions nus, après avoir fait l'amour, fourbus, comblés, épuisés. Nous aimions aussi y deviser des affaires du royaume, à l'abri des regards et des oreilles indiscrètes. Juste lui et moi.

C'était l'un des rares moments où il se tenait tranquille, lui qu'agitait une soif de mouvement et d'action perpétuelle.

Pierre de Blois, qui le connaissait mieux que quiconque, excellait dans l'art de décrire sa perpétuelle agitation :

Du matin au soir, sans arrêt, il s'occupe des affaires du royaume. Sauf quand il monte à cheval ou prend ses repas, il ne s'assoit jamais. Il lui arrive de faire en un jour une chevauchée quatre ou cinq fois plus longue que les chevauchées ordinaires. Il est fort difficile de savoir où il est et ce qu'il fera dans la journée, car il change souvent d'idées. Il met à une rude épreuve la constance de sa suite... Tandis que les autres rois se reposent dans leurs palais, il peut surprendre et déconcerter ses ennemis, et il inspecte tout.

Nous avons été si heureux ensemble...

Autant que moi, Henri avait l'amour des lettres auxquelles il consacrait le temps qu'il n'accordait pas à la guerre.

Je me souviens que Pierre m'avait confié :

« Avec le roi d'Angleterre, on est chaque jour à l'école, en train d'engager une conversation constante avec les meilleurs maîtres et une discussion de problèmes intellectuels. »

C'était si vrai ! Henri avait été formé par de fins lettrés, une tradition chez les comtes d'Anjou – tout comme les forts tempéraments. Lors de notre première rencontre, Henri m'avait fait rire aux éclats en me narrant la lettre que son ancêtre, Foulques le Bon, avait envoyée au roi de France Louis IV, qui se moquait de sa culture digne d'un clerc et de sa façon de chanter aux offices, comme un moine.

Au roi des Francs, le comte des Angevins :
Sachez, Seigneur, qu'un roi illettré est un âne couronné.

Louis VII de France, alors mon époux, avait, devant les accès de franche gaieté que me procuraient les saillies d'Henri, froncé les sourcils. Comme toujours.

Lorsque le père d'Henri mourut de façon aussi soudaine qu'imprévisible, je voulus y voir un signe. C'était à un homme de la trempe d'Henri que j'étais destinée. Notre rencontre n'avait pu être fortuite, la suite des événements le démontrait clairement.

Pour recouvrer ma liberté et épouser Henri – c'était ma ferme décision –, je dus faire preuve de beaucoup de prudence. Je ne doutais pas un seul instant de l'intérêt que me portait l'héritier Plantagenêt. Au-delà d'une véritable attirance physique, j'allais dire, charnelle, j'étais duchesse d'Aquitaine et comtesse de Poitou. Quiconque m'épousait scellait son destin à mes terres immenses et fécondes. Henri savait pertinemment quelle puissance lui donnerait l'accès à mes possessions dans sa conquête de l'Angleterre. Nous unir serait nous rendre invincibles et mettrait en danger le petit royaume de France.

Je décidai qu'il me fallait rapidement me séparer de Louis. Mais il convenait que ce dernier y consente. La mort de l'abbé Suger, qui avait, toute sa vie durant, tenté de maintenir vivante notre union, m'aida considérablement. Louis, terrorisé à l'idée du châtiment divin réservé aux unions consanguines, se laissa convaincre.

Les fêtes de la Chandeleur, à Saint-Jean-d'Angély, précédèrent de peu le concile de Beaugency. Une assemblée présidée par Hugues, archevêque de Sens, et composée de grands du royaume et de prélats, y eut lieu. Nos proches, appelés à témoigner, jurèrent les uns après les autres que Louis et moi étions parents à un degré prohibé par l'Église. Le concile décréta sans surprise l'annulation de notre mariage et nous prononçâmes, chacun notre tour, le serment suivant, dont je me souviens mot à mot :

— À partir de ce jour, je ne m'unirai plus avec ce parent ; je ne l'aurai ni par mariage ni par séduction ; je ne partagerai pas son repas, nous ne serons pas sous le même toit sauf à l'église ou dans un lieu public devant témoins.

Je fis mes adieux à Louis, à nos deux filles âgées de sept ans et de dix-huit mois qui, par leur sang, appartenaient à la cour de France. C'était le sort des princesses, il me navrait mais je savais qu'il me fallait l'accepter. C'est en duchesse d'Aquitaine et comtesse de Poitou, libre, et ayant les pleins pouvoirs sur mes terres, que je pris la route, avec une petite escorte, en direction de ma ville de Poitiers.

Nous fîmes halte à Blois d'où je dus m'enfuir en pleine nuit pour échapper à une tentative d'enlèvement de la part du jeune comte Thibaud de Champagne, décidé à m'épouser de force, moi et mon puissant duché.

Je dus également modifier mon itinéraire et passer la Vienne à gué, au lieu de franchir la Creuse où une embuscade, menée pour les mêmes raisons par le plus jeune frère d'Henri Plantagenêt, Geoffroy, m'attendait. À seize ans, il prouvait que les fils de feu Geoffroy Plantagenêt avaient décidément du tempérament.

Au-delà de ces mésaventures, dont je ris fort une fois à l'abri au sein des murailles de ma chère cité de Poitiers, je n'ignorais pas qu'une femme ne pouvait administrer seule un territoire plus vaste que celui des Capétiens sans qu'une escouade de petits seigneurs n'y voient l'occasion idéale, à travers moi, de s'en emparer. Pour régir mon duché, il me fallait un homme à même de manier les armes et de me protéger de leurs belliqueuses velléités. Je l'avais trouvé.

Sitôt rentrée, je m'adonnai aux liesses de Pâques. Jamais Poitiers ne fut plus bariolée et joyeuse. Mes sujets inventaient mille façons de me témoigner la joie de m'avoir retrouvée. Ma première décision de femme libre fut de rappeler poètes, jongleurs, baladins et ménestrels. Impossible pour moi de vivre sans eux qui savaient donner des mots, des sons et des couleurs à mes émotions. Des années où je fus reine de France, j'avais appris l'importance qu'il y avait à bien s'entourer. J'appelai donc à mes côtés ceux dont j'avais apprécié les qualités lors de la croisade, notamment Saldebreuil de Sanzay, que je nommai sénéchal.

Pendant cette courte période, qui dura environ un mois, Henri et moi échangeâmes de nombreux messages dans le plus grand secret. Je le prévenais que, redevenue libre, plus rien ne pouvait faire obstacle à notre union. J'avais vingt-huit ans et comptais bien rattraper le temps perdu avec mon premier époux.

Henri planta aussitôt la cour plénière composée de barons normands qu'il avait réunis à Lisieux en vue de préparer une expédition en Angleterre et, à bride abattue, vint me retrouver à Poitiers.

Le 18 mai 1152, deux mois à peine après ma séparation d'avec Louis VII, j'épousais Henri Plantagenêt en la cathédrale Saint-Pierre de Poitiers.

Aux titres de duchesse d'Aquitaine et comtesse de Poitiers, j'ajoutais ceux de comtesse d'Anjou et duchesse de Normandie.

Nous étions convenus de ne pas donner trop d'écho à cette union : j'étais séparée depuis peu de temps, et nous avions sciemment omis de respecter la coutume médiévale qui veut que le seigneur roi donne son assentiment au mariage de ses vassaux. À bien des titres, Louis aurait refusé.

Un banquet au faste mesuré eut lieu au château ; il finit à l'aube, tandis qu'Henri et moi avions, depuis longtemps, rejoint notre chambre...

Taller, 26 mars 1200

La route est terriblement monotone, invariablement bordée de marais. Les roues des chariots s'enlisent plusieurs fois par jour dans le sable détrempé de cette partie du duché nommée la Grande Lande de Gascogne. Les villages sont rares, on y trouve cependant miel et millet en abondance.

Chaque jour, Bordeaux, le terme de notre voyage, se rapproche. Chaque jour, mon cœur se serre davantage, partagé entre la peur de ce qui m'attend et l'excitation de découvrir Louis, mon futur époux, ainsi que mon royaume.

Aliénor m'explique que le pays des Capétiens est bien différent de ces contrées-ci. Les us et coutumes et le caractère des habitants aussi. Elle me recommande de laisser le temps faire son œuvre, qui adoucira mes craintes.

La duchesse reine, bien que fatiguée par ce long périple, semble galvanisée par l'accueil que son duché lui réserve. Partout on la salue, on la fête, on la vénère. Dans les villages, les enfants courent, escortant sa litière de leurs cris frais et perçants, lançant dans sa direction ces fleurs modestes et pâles qui tapissent les chemins de ce printemps timide.

Elle se réjouit de retrouver bientôt Bordeaux, ville de son enfance et lieu de son mariage avec Louis VII. Hier, elle m'a confié être fière d'avoir perpétué l'œuvre de son grand-père et de son père : l'Aquitaine est en paix, riche et prospère. Ses champs sont fertiles, ses forêts giboyeuses, et ses vignes délivrent un vin merveilleux qu'on envoie par bateau vers d'autres royaumes. Il fait doux vivre et mourir sous son soleil généreux. Pourtant, c'est plus au nord qu'Aliénor réside désormais. Dans cette abbaye de Fontevrault qui tient une place si singulière dans sa vie, je m'en aperçois chaque jour davantage.

Profitant d'un moment partagé à l'abri de sa litière, je décide de creuser un peu la question.

— Vous évoquez souvent Fontevrault, Majesté. Qu'a donc cette abbaye de si particulier pour mériter un tel attachement ?

Aliénor a son sourire de sphinx.

— Fontevrault est davantage qu'une abbaye, Blanche. C'est un lieu véritablement habité par Dieu, que j'ai choisi entre tous pour devenir la nécropole des Plantagenêts, comme l'abbatiale de Saint-Denis est celle des Capétiens. Je m'y sens chez moi, à ma place, au plus près de la Vérité de Notre-Seigneur.

— De quelle façon l'avez-vous découverte ?

Je la vois s'animer à l'évocation de son abbaye. Et il me plaît qu'elle me narre les détails de son quotidien, il me semble alors la comprendre mieux.

— Peu après mon mariage avec Henri Plantagenêt, je fis le tour des abbayes du Poitou. Libérée de mes liens avec le roi de France, je leur réitérais, selon mon droit inaliénable de comtesse des Poitevins et duchesse d'Aquitaine, dons et donations. Après celle de Montierneuf, où repose mon aïeul Guillaume le Troubadour, puis celle de Saint-Maixent, je suis arrivée en mai à Fontevrault. Bien que située en territoire angevin, l'abbaye relève de l'autorité de l'évêque de Poitiers, et donc de mon territoire.

— Mais vous n'y étiez jamais allée auparavant ?

Elle secoue légèrement la tête.

— Eh bien, non, jamais. Mais j'en avais souvent entendu parler et j'étais intriguée par sa singularité. Il te faut savoir,

Blanche, que Fontevrault a été fondée par un saint homme à la forte personnalité, un prédicateur et visionnaire nommé Robert d'Arbrissel. Je n'ai pas eu la chance de le connaître. Lorsque je me rendis à l'abbaye, il était mort depuis une trentaine d'années déjà mais sa réputation avait gagné tout l'Occident. Au levant de sa vie, il fut un ecclésiastique exigeant, rétablissant la discipline au sein du clergé de Rennes qui se retourna contre lui. Dégoûté du monde, il se fit ermite dans la forêt de Craon, en Anjou. Des disciples hommes et femmes accoururent de partout pour écouter sa parole et suivre celui qu'ils nommaient « le Pauvre du Christ ».

— Un peu comme Notre-Seigneur ?

— Plutôt comme l'un de ses disciples. Pressé par l'évêque d'ordonner cette foule itinérante et fervente, Robert d'Arbrissel fonde alors une abbaye au cœur du vallon de Fontevrault. Il y accueille en son sein, mais séparément, des hommes et des femmes sous l'autorité d'une mère abbesse. À elle de faire respecter les vœux – chasteté, pauvreté et obéissance – et la clôture qui fait que ni moines ni moniales ne se croisent jamais, excepté le temps des offices. Par tous, l'abbesse est appelée « la Dame » et fait office de mère pour sa congrégation. J'ai eu la chance de découvrir Fontevrault sous l'égide de sa seconde abbesse, Mathilde d'Anjou, qui avait succédé à Pétronille de Chemillé. Elle était la tante de mon époux, Henri, et ce dernier voulait que je fasse la connaissance de cette femme remarquable au terrible destin.

— Ah ? Quel fut-il donc ?

Je ne m'ennuyais jamais quand Aliénor me contait sa vie, tout ce qu'elle avait vu et vécu était si passionnant et déconcertant. J'espérais juste qu'on ne vienne pas la déranger alors que, pour moi seule, elle déroulait ses souvenirs.

— Attirée par les ordres, la jeune Mathilde avait néanmoins obéi à son père et épousé en 1119 Guillaume Adelin, fils et héritier du roi d'Angleterre, Henri Beauclerc. Peu de temps après, Guillaume son jeune époux, le frère et la sœur de ce dernier accompagnés de nombreux jeunes nobles et hautes dames du royaume embarquaient sur la *Blanche-Nef* pour traverser la Manche et regagner l'Angleterre. Mathilde, elle, avait sagement pris place sur un second navire, parti un peu plus tôt, en compagnie de ses beaux-parents.

« Sur la *Blanche-Nef*, l'heure était à la fête. Le vin, généreusement distribué à tous – y compris aux rameurs – par le jeune prince, échauffa les esprits. La joyeuse troupe voulut s'amuser à rattraper le premier navire.

« Dans la nuit profonde, Mathilde et sa parenté entendirent des cris. Rien de bien inquiétant : chacun savait que Guillaume avait fait distribuer force alcool en prévision d'une traversée joyeuse et divertissante...

— Des cris ?

— Oui, mais de terreur : la *Blanche-Nef* coulait à pic sur un écueil. Jeunes princes, barons, comtesses, toute la sève aristocratique d'Angleterre et Guillaume lui-même, héritier du trône, périrent.

— Mais c'est affreux !

— Terrible, en effet. Le roi Henri Beauclerc ne s'en remit jamais. Nul ne le vit plus jamais sourire. Et Mathilde, devenue veuve, rejoignit alors la France et Robert d'Arbrissel avant de devenir abbesse de Fontevrault...

— Quel étrange destin...

— Les voies du Seigneur, Blanche, nous réservent bien des surprises. Sans ce naufrage, Henri, mon époux, n'aurait jamais été roi d'Angleterre, ni Richard, ni Jean après lui...

— Comment les événements se sont-ils enchaînés ?

— Henri Beauclerc avait une fille survivante, elle aussi prénommée Mathilde. Il la désigna comme l'héritière du royaume d'Angleterre. En secondes noces, elle se maria au futur comte d'Anjou, de Tours et du Maine : Geoffroy V le Bel Plantagenêt. Lorsque Henri Beauclerc mourut, Mathilde devint duchesse de Normandie et « dame des Anglais ». Henri, son fils, mon futur époux, était donc l'héritier du trône d'Angleterre. Il avait à peine deux ans... Mais son cousin, Étienne de Blois, malgré le serment d'allégeance fait à Mathilde, contesta alors la succession et prétendit avoir été désigné par le vieux roi sur son lit de mort.

— Mensonge !

Mon cri la fit presque sursauter. Elle reprit, ravie de voir l'effet que son récit produisait :

— Exactement. Et pire que cela : usurpation. Séance tenante, Étienne de Blois s'est fait couronner roi d'Angleterre grâce au concours des bourgeois de Londres, seigneurs et évêques anglais, peu disposés à voir une femme régner. Les femmes, vois-tu, sont si peu considérées...

« S'ensuivront alors dix ans de lutte acharnée entre les deux ennemis. Après bien des aventures, et privé à son tour d'héritier, Étienne de Blois se résigne à désigner Henri, le fils de Mathilde, comme son successeur. Sa mort, le 25 octobre 1154, ouvre enfin le chemin du trône à son cousin Henri Plantagenêt, seul héritier légitime, devenu mon époux quelques mois auparavant...

— Comme si Notre-Seigneur avait décidé de tout temps qu'après avoir été reine de France, vous seriez reine d'Angleterre !

Elle me regarde avec tendresse et j'en suis à mon tour bouleversée.

— Il faut croire que oui, Blanche... Les événements, il est vrai, se sont enchaînés selon un ordre que l'on peut imaginer préétabli. Comme une partie d'échecs dont nous ne serions que des pions, au service d'une Volonté Majeure, celle de Notre-Seigneur.

— Si la *Blanche-Nef* n'avait pas coulé...

— Si la *Blanche-Nef* n'avait pas coulé, Henri et moi n'aurions pas été couronnés dans l'abbaye de Westminster le dimanche 19 décembre 1154, et nous ne serions pas là à palabrer, ma chère fille !

— Vous avez donc rencontré l'abbesse Mathilde, tante de votre époux, lors de votre premier séjour à Fontevrault ?

— Oui, c'est à ce moment-là que j'ai découvert l'abbaye,

nichée au creux d'un vallon boisé. Et je l'ai aimée d'emblée. Aujourd'hui comme hier, il s'en dégage une atmosphère particulière, aussi sainte qu'énergique. Et quelle beauté ! Une nef immense et claire, agrémentée de chapiteaux et de colonnes colorés. Les chants s'y élèvent comme aspirés par le ciel. L'endroit est gai, presque joyeux, habité par une foi rayonnante.

— J'ai grande envie de savoir à quoi elle ressemble, ainsi, je pourrais plus aisément vous y imaginer.

— Si tu la visitais, tu remarquerais immédiatement l'édifice abritant les cuisines : une énorme cheminée flanquée de vingt plus petites. De loin, l'ensemble fait penser à un hérisson de pierre. Un astucieux système permet au foyer central d'en alimenter plusieurs autres : ceux des moines, des moniales, des malades et des hôtes de passage. Tout est pensé pour être fonctionnel et de cette simplicité naît une pure beauté. Tout de suite j'ai été séduite et comme appelée par ces lieux. Je pressentais que l'abbaye serait d'une importance capitale dans ma vie. Alors j'ai rédigé une chartre qui confirmait les privilèges d'un don ancien accordé par mes propres ancêtres, puis par moi et mon premier mari, à cette abbaye jadis fondée par les ducs d'Aquitaine. J'ai voulu agir vite et seule afin d'authentifier l'acte de mon sceau devant des témoins poitevins, établissant entre Fontevrault et moi un lien tout particulier et très personnel.

— Comme une sorte d'union entre l'abbaye et vous ?

— On peut dire cela, en effet.

Elle claqua dans ses mains et quelques instants plus tard, une servante lui apporta un manuscrit :

— Peux-tu en faire lecture ?

Je m'appliquai de mon mieux à en décrypter l'écriture, peu aidée par les cahots agitant la litière :

Que tous les fils de notre sainte mère l'Église, présents et à venir, sachent ce qui suit :

Moi, Aliénor, par la grâce de Dieu comtesse des Poitevins, après avoir été séparée, pour cause de parenté, de mon seigneur Louis, le très illustre roi de France, et avoir été unie par le mariage avec mon très noble seigneur, Henri, noble comte des Angevins, touchée par une inspiration divine, j'ai souhaité visiter la sainte congrégation des vierges de Fontevrault et, par la grâce de Dieu, j'ai pu réaliser cette intention que j'avais dans l'esprit. Je suis donc venue, conduite par Dieu, à Fontevrault, et là, le cœur plein de componction, j'ai approuvé, concédé et confirmé tout ce que mon père et mes ancêtres ont donné à Dieu et à l'église de Fontevrault, et notamment cette aumône de cinq cents sous en monnaie poitevine que mon seigneur Louis, roi des Francs, au temps où il fut mon époux, et moi-même, avions jadis donnée.

— Cela, vois-tu, Blanche, je l'ai écrit presque mot pour mot il y a près de cinquante ans. Fontevrault est le lieu qui unit toutes les femmes que j'ai pu être : reine, épouse, mère... J'y suis moi-même, dans ma plénitude, Aliénor d'Aquitaine, devant Dieu infiniment pécheresse et pénitente.

— Comme si Dieu vous avait destinée à ce lieu, vous l'avez écrit, d'ailleurs...

— Oui, et c'est plus vrai encore aujourd'hui, alors que j'ai choisi de m'y retirer et d'en faire le témoignage de la grandeur des Plantagenêts.

« Je ne connais nul autre endroit où le silence est à ce point vivant. On pourrait presque le toucher, comme je le fais, tiens, de ton voile.

Elle l'effleura doucement avant de poursuivre :

— Il y règne une densité spéciale, cette légèreté éprouvée lorsqu'on s'immerge dans l'eau : présent à soi et absent aux pesanteurs du monde. J'ai la sensation que le dialogue avec Notre-Seigneur y est facilité. Qu'Il bat au cœur de l'abbaye à l'image d'un cœur vibrant, invisible et vivant. Certains jours, je sens Son souffle chaud balayer l'espace et troubler les rais de soleil qui entaillent les robustes piliers.

Laharie, 27 mars 1200

Pourquoi faut-il que je pleure à chaque fois que je reçois des missives de Castille ? Je tâche de n'en rien montrer, seule Elvira est témoin de mes larmes.

Il y a plus d'un mois que nous nous sommes mis en route et il me semble que mes parents, mes sœurs, mon petit frère appartiennent à un passé lointain. Ont-ils même existé ? N'était-ce pas plutôt un rêve que cette vie protégée, emplie d'amour et de soleil ?

Je ne suis pas malheureuse, pourtant. Aliénor, sa vie, les récits qu'elle me conte nourrissent mes jours et mes nuits. Au fil du chemin, il me semble saisir à quel point cette femme a quelque chose d'exceptionnel, de prodigieux, même. Lorsqu'elle paraît, chacun se tait avec respect, s'incline et l'écoute. Ses paroles font sens, résument et éclairent les situations les plus scabreuses. Elle pense si vite que j'ai du mal, parfois, à suivre ses raisonnements. Plus que reine, elle est un roi par son courage, sa volonté et l'incroyable pugnacité qu'elle met à défendre son duché et le royaume d'Angleterre. Elle m'effraie aussi, comme on peut l'être devant des êtres supérieurs, étrangers au commun des mortels. Lorsqu'elle se tait, on n'entend qu'elle. Ses gestes rares, ses yeux qui vous sondent jusqu'au plus profond de votre âme : tout en Aliénor est intense, absolu, indéchiffrable. Royal.

Mais je l'ai entendue chanter, en Castille, je l'ai vue

écouter passionnément les troubadours, encourager les ménestrels et rire, quelquefois, aux facéties des jongleurs. Je la devine emplie d'une exigeante bonté, d'une ombrageuse fidélité à ceux qui l'honorent et la servent. Joueuse, aussi. Si vive dans ses reparties, si prompte à trancher. Ne doutant jamais de son bon droit et l'imposant sans faiblir.

Je l'admire et prie chaque jour le Seigneur de me donner un peu de sa force et de sa grandeur. Mais je le conjure, dans le même temps, de m'épargner tant de drames, de trahisons et de deuils.

Il me semble que la mort, surtout, a érodé son âme à la manière dont le vent malmène certains arbres, les décharne, les résume peu à peu à une simple forme, un squelette.

L'abbé Milon m'a raconté ce que je n'ose lui demander : quinze mois après son remariage avec Henri est né un fils, Guillaume Plantagenêt, l'héritier ardemment désiré – dont la naissance a fait mentir les Capétiens sur la capacité de la reine à n'engendrer que des filles et à être désormais trop âgée pour enfanter.

Il mourut de convulsions à l'âge de trois ans. Aliénor et Henri placèrent son minuscule cercueil au pied de celui de son arrière-grand-père Henri Ier, roi d'Angleterre, au cœur de l'abbaye de Reading.

Sept autres enfants naquirent de la passion d'Henri et d'Aliénor, ces deux êtres unis par la chair, l'esprit et le pouvoir…

La mort se tint tranquille vingt-sept ans durant. Le temps d'affûter minutieusement sa faux. En 1183, elle saisit en premier Henri, l'héritier, couronné roi sans jamais en exercer les prérogatives. Trois ans plus tard, elle enlève Geoffroy, lors d'un tournoi, puis Mathilde, duchesse de Saxe, en 1189, à l'âge de trente-trois ans…

Vint ensuite le tour des filles de France, nées de son union avec le roi Louis : Alix, comtesse de Blois, meurt en 1195 ; Marie, comtesse de Champagne, en 1198.

Arrive l'an 1199, l'année tragique entre toutes : Richard

Cœur de Lion, roi d'Angleterre, succombe en avril. Jeanne, enceinte et à terme, cinq mois plus tard.

Je frémis en pensant à ce carnage.

Don Carlos Espinosa de los Monteros, avec lequel je m'entretiens souvent – avec lui, comme avec Elvira, il me plaît d'utiliser le castillan, ma langue maternelle –, m'a, lui, narré la mort de Richard Cœur de Lion, sujet tabou entre tous qu'Aliénor se refuse à évoquer. Il m'a aussi parlé du lien particulier qui unissait Aliénor à son fils chéri, celui qu'elle désignait sous le nom de *carissimus filius*, quand ses autres fils se contentaient d'être *dilectus filius*.

Quelle mère serai-je, quant à moi ? Parviendrai-je à donner un héritier mâle au royaume de France ? Plairai-je à Louis, mon fiancé ? Pourrai-je un jour égaler Aliénor, sinon en intelligence et en beauté, du moins en courage ?

Ces questions m'agitent et ne me laissent que peu de répit.

Labouheyre, 28 mars 1200

— Traînée, souillon ! Je vais te faire rendre grâce, sale garce !

Chacun applaudit, encourage le colosse qui pousse devant lui une jeune femme aux cheveux sombres que je reconnais comme l'une des jeunes servantes de la suite d'Aliénor.

Elle se débat, tente de le griffer au visage, rue et se cabre comme un canasson, tandis que l'homme la traîne maintenant en direction de la tente d'Aliénor.

Elvira et moi regardons la scène sans mot dire. La violence m'a toujours révulsée et j'éprouve de la compassion pour cette servante ainsi malmenée, dont on ne sait de quel péché elle est accusée.

— Que se passe-t-il ?

Intriguée par les invectives, Aliénor est sortie de sa tente, le regard sévère.

L'homme, un chevalier espagnol, se fige face à la statue qui se tient devant lui. Il lâche la malheureuse qui s'écroule aux pieds d'Aliénor.

— Majesté, cette femme de votre suite a fait le serment de m'épouser lorsque nous serons arrivés à Bordeaux. Depuis une semaine, elle refuse de me parler. Et je la surprends ce matin en train de se faire lutiner par un autre. J'en appelle donc à Votre Seigneurie pour que cette donzelle jure devant Dieu de respecter son serment.

Je vois les yeux d'Aliénor virer à l'acier. Et tandis que

l'abbé Milon, don Carlos et les grands de sa suite se pressent autour d'elle, elle toise, de toute sa hauteur, le chevalier éconduit :

— Comment osez-vous vous conduire de la sorte ? Sachez qu'il ne m'appartient pas de juger, de condamner ou de contraindre qui que ce soit ici. Le seul droit que j'entends exercer est celui de protection envers cette servante. Je vous ordonne de l'aider à se relever. Vous êtes chevalier ? Vraiment ? Pour moi, je n'en sais aucun capable d'une telle bassesse. Frapper une femme ! Vous déméritez de votre titre, en salissez les principes.

Le chevalier regarde la reine, éberlué de constater que la situation ne tourne pas à son avantage.

— Don Carlos, connaissez-vous ce triste sire ?

Don Carlos s'avance et opine de la tête.

— Oui, Votre Seigneurie, il fait partie de l'escorte chargée par le roi Alphonse VIII de Castille de vous protéger.

— Renvoyez-le donc immédiatement de l'autre côté des Pyrénées. Je vais, de ce pas, faire porter au roi de Castille une missive afin qu'il châtie cet individu. Je ne tolère pas, vous m'entendez, je ne TO-LÈ-RE PAS ces pratiques d'un autre âge, indignes et avilissantes.

Et, se tournant vers la servante :

— Votre nom ?

— Ninon, Votre Seigneurie, répond la malheureuse en s'inclinant devant la reine.

— Si vous le décidez, partez avec cet homme. Sinon, restez et ne provoquez plus ce genre de scandale car c'est vous que je renverrai, sans hésiter.

Et Aliénor tourne les talons pour regagner le couvert de sa tente. La foule massée autour de la reine se disperse en chuchotant.

Elvira et moi approuvons sa décision.

Saugnacq, 29 mars 1200

L'esclandre d'hier a agité l'esprit de mes gens. Mes troubadours, auxquels cette broutille a fourni matière à rimer, sont au travail.

Après la messe, Blanche m'a assaillie de questions sur sa prochaine union. Les rapports amoureux lui sont étrangers et je la sens troublée, inquiète et curieuse à la fois. Je prie chaque jour Notre-Seigneur de lui accorder la grâce d'une union heureuse et féconde. La personnalité de Louis saura-t-elle s'accorder à la sienne ? On me vante le caractère égal et l'intelligence dénuée d'artifices du jeune prince. De son côté, la finesse de Blanche, ses qualités de cœur et sa fermeté d'âme en feront, j'en suis convaincue, une épouse, une mère et une reine remarquable. Auparavant, il lui faudra apprivoiser sa nouvelle vie, composer avec la cour, déjouer les complots, les trahisons, les luttes de pouvoir et les intrigues. Son meilleur allié – qui, à l'occasion, pourra devenir son pire ennemi – sera son époux, si tant est que leurs cœurs et leurs tempéraments s'accordent. J'attends le terme du voyage pour la mettre en garde contre les dangers inhérents aux unions : la lassitude, l'éloignement, l'âge, la tentation...

Je voudrais lui épargner les morsures de la jalousie, le désespoir de voir une autre lui voler sa place, son couple, son amour. Comme l'a fait Rosemonde avec mon mari Henri II.

Henri et moi... jamais époux ne furent unis par tant de liens. Nous partagions tout : le goût des lettres, de la poésie, du jeu, de la politique, du pouvoir, de la chasse, de l'amour. Notre union fut celle de deux bêtes fauves chassant flanc à flanc, éperonnées par la volonté de protéger et agrandir leur royaume. Nous y réussîmes au-delà de nos espérances, dix-huit longues années durant...

J'ai eu tout le loisir de réfléchir à l'enchaînement des faits durant mes quinze ans de captivité. Il me semble que tout a basculé entre l'an de grâce 1170 et l'an 1173. Oui, je suis certaine de cela, les faits se sont heurtés les uns aux autres jusqu'à provoquer la chute finale...

L'année 1170 s'ouvrit, il m'en souvient, sur l'application de l'accord de Montmirail, détaillant la donation entre Henri et nos fils : à Henri le Jeune, le duché de Normandie ; à Richard, l'Aquitaine et à Geoffroy, la Bretagne.

En décembre, l'impensable se produisit : l'assassinat du primat d'Angleterre Thomas Becket dans la cathédrale de Canterbury, qui déclencha l'opprobre de toute la chrétienté accusant Henri d'avoir commandité la mort de celui qui fut son ami et son plus fidèle allié avant de se retourner contre lui. À partir de ce moment-là, Henri est devenu quelqu'un d'autre.

Il s'éloignait de moi. Il ne cessait de sillonner le royaume, matait les rébellions et devenait de plus en plus gras, colérique, impatient, despotique.

Nous ne partagions plus nos jours, ni nos nuits. Je prenais mes bains et mes décisions seule.

Les rumeurs de ses excès me parvinrent au même moment que celles de ses infidélités. Il y eut d'abord ce fils bâtard, Guillaume, né de ses ébats avec une noble dame, Ida de Tosny, comtesse de Norfolk. Et bientôt, constante, humiliante, la présence au côté d'Henri d'une Anglaise, Rosemonde Clifford.

Le fiel, la rancœur et le chagrin s'emparèrent alors de moi pour ne plus jamais desserrer leur emprise.

En février 1173 eurent lieu les fiançailles de notre fils, Jean sans Terre, âgé de sept ans, avec l'héritière du comte Humbert de Maurienne. Je ne sais pourquoi, Henri avait un réel penchant pour notre dernier-né. Une prédilection qui lui fit donner à Jean, en héritage, les châteaux et dépendances de Chinon, Loudun et Mirebeau, situés sur les terres d'Henri le Jeune. Une façon pour le roi de doter son préféré de biens dont son rang de dernier, « sans terre », le privait.

Henri le Jeune, injustement spolié de ses possessions, en conçut une rage qui contamina ses frères. Je pris appui sur leurs ressentiments pour ourdir ma révolte.

Les trois fils unis contre leur père, voilà quelle était ma réponse à son abandon. J'étais peut-être trop vieille pour partager sa couche, trop farouchement attachée à mon Aquitaine pour la lui laisser gouverner, mais j'avais pour moi mes trois fils et le temps de fomenter une mutinerie qui allait pourrir l'existence d'Henri.

Pour parfaire la coalition, je demandai l'aide du roi de France Louis VII qui accueillit mes trois garçons comme s'il se fût agi des siens. Des années après, ironie du sort, nous reprenions un dialogue que mon union avec Henri Plantagenêt avait interrompu. Malgré cela, après bien des batailles et des tourments, Henri II, vieux renard exercé à l'art de la guerre, reprit l'avantage et fit échouer la révolte.

Alors que, déguisée en homme, je tentais de le fuir pour gagner Paris et m'y mettre à l'abri sous la protection de mon premier époux, Henri parvint à me capturer. Il me fit aussitôt enfermer dans la forteresse de Chinon.

Six mois après, rendu maître de la situation malgré les tentatives de Louis VII, et ayant soumis ses fils, il décida de m'emmener en Angleterre afin de me garder à l'œil et de me soustraire à tous ceux qui m'étaient chers.

En ce mois de juillet 1174, la tour de Salisbury devint ma prison. Henri eut toutefois la perfide délicatesse de me faire savoir qu'en septembre, à Poitiers, mes fils, Richard en tête, s'étaient réconciliés avec lui.

Ces années où mon époux s'ingénia à m'effacer de sa vie et du monde furent celles du triomphe de sa jeune maîtresse, Rosemonde Clifford.

Sitôt que je fus confinée, Henri s'afficha publiquement avec elle et ne manqua aucune occasion de lui prouver son amour. On disait le roi rendu fou par sa passion extrême envers cette donzelle, fille d'un seigneur des marches galloises.

Ermengarde, la servante qu'on m'avait assignée, s'appliquait, sans doute par cruauté, à me conter chaque matin, alors qu'elle s'activait à ma toilette, les dernières nouvelles de cet amour qui avait tout entier pris possession des sens du roi.

J'écoutais sans mot dire, et tandis qu'elle tressait mes cheveux, je tirais de son fiel le courage de me tenir debout.

Je manquai pourtant défaillir et dus convoquer en moi les dernières forces qui me restaient pour ne pas m'écrouler lorsque la scélérate me narra par le menu la magnificence de la maison qu'Henri fit construire pour Rosemonde dans le parc de notre château de Woodstock. Nous chérissions tous deux ce castel, mollement assoupi au creux de vallons qui se couvraient de pervenches, la belle saison venue... Ainsi, Henri avait fait ériger, sur nos terres mêmes, une maison qui s'apparentait – à ce que j'ai cru saisir des descriptions que l'on m'en fit – à un palais à l'architecture raffinée, inspirée des demeures siciliennes, bâti autour d'une source dont l'eau jaillissait de quatre bassins rectangulaires entourés de cours closes. Ils nommèrent la bâtisse Everswell.

Comment osait-il me faire cela ? Comment osait-il fouler aux pieds notre union, notre complicité, l'amour fait d'ambition et de batailles qui nous liait ? Le royaume Plantagenêt n'était-il pas notre œuvre à tous deux ? Henri n'aurait jamais pu se rendre maître d'un tel territoire sans mon duché, sans mon intelligence et mon sens tactique. Nous nous complétions, unis par cet instinct de chasseurs assoiffés de pouvoir. Quand s'est-il lassé de moi ? Quand n'ai-je plus été la femme qu'il respectait et chérissait plus que tout ? Quand nous a-t-il relégués, moi et mon duché, au rang de vulgaires instruments de pouvoir ? Et surtout, pourquoi ? N'étais-je pas Aliénor, celle dont les troubadours louaient, malgré l'âge, la beauté ? Pourquoi préférer les bras d'une petite sotte à cheveux rouges ? Pour sa jeunesse ? Pour le sexe ? Pour se laisser bercer par l'illusion d'une vigueur retrouvée ? Pour la dominer ? Pour l'éblouir ? Ces questions m'agitaient depuis des années sans que je puisse y trouver de réponse. L'homme que j'avais aimé était devenu un étranger. Un ennemi.

Je ne voulus pas lui faire l'honneur de mon désespoir.

Il pensait m'abattre, il ne faisait que m'élever. Il croyait me soumettre, il me densifiait. Je puisais dans sa haine l'antidote à mon chagrin.

Pas un jour, pourtant, sans que l'on me narre avec luxe détails les preuves d'amour qu'Henri prodiguait à sa dame qui, je l'appris, fut surnommée « Rose Immonde » par mes partisans ; ainsi que les victoires de Richard, mon fils préféré, devenu désormais le bras armé de son père…

On m'apprit un matin l'arrivée en Angleterre du légat pontifical romain Uguccione, cardinal de Saint-Ange. Henri, paraît-il, déploya des trésors de persuasion pour amener l'homme d'Église à prononcer l'annulation de notre mariage pour consanguinité au cinquième degré – les mêmes raisons que j'avais avancées pour me libérer de mon époux Louis VII. Mais ni les chevaux de grande race offerts, ni l'aménagement d'appartements somptueux dans le palais de Westminster pour lui et sa suite, ni les banquets donnés ne convainquirent le légat qui refusa obstinément d'accéder aux requêtes d'Henri.

Devant Dieu et les hommes, je demeurais sa femme.

Privée d'action, je ne l'étais pas d'informations.

Loin de moi, Richard ne cessait de me donner des motifs de fierté. Même s'il s'était désormais allié à son père – mais avait-il d'autres choix ? –, il veillait sur ce duché d'Aquitaine dont il était l'héritier. Les nouvelles de ses victoires s'égrenaient au fil des mois et des années de captivité :

— Majesté, votre fils Richard a pris Castillon-sur-Agen !

— Majesté, le prince Richard est victorieux sur l'armée de Vulgrin d'Angoulême, près de Saint-Maigrin, et s'est emparé d'Aix et de Limoges.

— Majesté, Richard a capturé Guillaume Taillefer, comte d'Angoulême, qui a été contraint de lui céder les principales places fortes de son comté.

— Majesté, Richard a pris Dax et Bayonne. Il a soumis le comte de Bigorre et le vicomte de Dax.

— Majesté, votre fils s'est emparé des châteaux de Pons, Richemont et Taillebourg.

— Majesté, le prince Richard s'est rendu maître du château de Périgueux et de toutes les forteresses d'Adémar de Limoges et d'Hélie du Périgord.

— Majesté, le château de Blanzac est tombé entre les mains de votre fils…

D'une fierté muette, je méditais ce verset de la Bible :

Je suis le vrai cep et mon Père est le vigneron. Tout sarment qui est en moi et ne porte pas de fruit, il le retranche ; et tout sarment qui porte du fruit, il l'émonde afin qu'il porte encore plus de fruits.

Le temps des vendanges viendrait. Le sang de la vigne coulait dans les veines de mon fils préféré.

Durant ces quinze années, j'eus également le bonheur d'apprendre le mariage de ma fille Jeanne avec Guillaume II, roi de Sicile. On m'accorda la permission de me rendre à Winchester, sous bonne garde, pour lui faire mes adieux.

Mais la nouvelle la plus délicieuse fut celle de la mort de Rosemonde Clifford, en novembre 1176. On m'accusa de l'avoir fait empoisonner. Comment diable aurais-je pu réussir ce prodige dans la solitude qui était la mienne ? Je riais sous cape, enchantée de la puissance qu'on me prêtait.

On disait le roi éploré, inconsolable, gémissant des nuits entières son amour perdu. Il la fit inhumer en grande pompe dans l'église du couvent de Godstow.

Une chapelle pour une putain.

La politique et les affaires du royaume me préoccupaient.

Mon éloignement me permettait d'envisager la situation politique de façon plus globale, plus lucide aussi.

Alors que Richard allait de victoire en victoire, je voyais poindre, chez les Capétiens, une autre forme de péril.

Philippe Auguste, le fils unique de mon ex-mari, Louis VII, avait été sacré roi à Reims le 1er novembre 1179. L'année suivante, il épousa Isabelle de Hainaut, nièce de Philippe de Flandres. Les alliances se dessinaient au fil des mariages. Elles enfantaient, dans les couches nuptiales, de nouveaux dangers pour le royaume Plantagenêt.

Louis VII, roi des Francs, mourut le 18 septembre 1180. Je fis dire des messes et priai pour le repos de celui qui m'avait si constamment aimée…

L'année suivante, mon fils Geoffroy épousa Constance de Bretagne, l'unique héritière de Conan IV, duc de Bretagne.

En 1183, il y avait dix ans que j'étais devenue prisonnière d'Henri, en Angleterre, sous une garde qui rendait impossible tout projet d'évasion.

En juin, on m'apporta la nouvelle de la mort de mon fils, Henri le Jeune, héritier d'Angleterre, à Martel.

Mon enfant si gracieux, si nonchalant, si épris des plaisirs de la vie, girouette dans ses alliances et ses emportements, si peu roi au fond, mourut sans s'être réconcilié avec son père ni avec son frère Richard, dont il jalousait les succès militaires et la force de caractère.

Je fus peinée de savoir que, lors de l'affrontement qui l'opposait à Henri et Richard, il avait pillé sans vergogne le monastère de Grandmont et les sanctuaires de Rocamadour, et émue d'apprendre que ses dernières paroles avaient été pour se réconcilier avec son père et le supplier d'adoucir ma captivité.

Henri le Jeune disparu, Richard devenait de fait l'héritier du trône.

Henri, mon époux, écouta-t-il la prière de son fils défunt ?

De ce moment, je pus changer à mon gré de résidence, allant de Berkhamsted à Woodstock, de Winchester à Westminster et Windsor, où je retrouvai mes fils avec une folle joie, en novembre 1184, et assistai, lors de la cour de Noël, à la réconciliation de Richard avec ses frères Geoffroy et Jean. Pour l'occasion, fait insensé, Henri m'offrit une somptueuse robe d'écarlate fourrée de petit-gris ainsi qu'une selle empreinte d'or aux parements de fourrure. Mon geôlier soignait sa réputation.

Peu de temps après, il me réserva pourtant une traîtrise qui m'affecta longtemps. Sous prétexte des fêtes de Pâques, il me fit venir sur le continent. Je m'aperçus vite qu'il s'agissait d'un odieux chantage visant à obtenir la soumission de Richard au sujet du Poitou, dont j'étais la légitime comtesse... Sitôt que Richard se fut incliné et qu'il me fit allégeance, renonçant à ses prétentions, son père me renvoya en Angleterre. Le danger de voir son fils se rebeller étant écarté, je devais retourner à ma solitude.

Mon errance reprit, et avec elle les heures de désert que je rythmais de façon militaire, afin que la contrainte des tâches me couse un corset contre le désespoir. Alto et Dux, mes deux grands chiens, offerts par un chevalier anglais, me donnaient ce dont j'étais le plus cruellement privée : la confiance, la fidélité, l'affection. À travers leurs yeux, au fil de leurs jeux, je gardais intacte au fond de moi une petite part d'humanité.

Heureuses ou malheureuses, j'apprenais les nouvelles avec un certain décalage.

Je ne sus que longtemps après qu'il fut inhumé dans le chœur de Notre-Dame de Paris – cathédrale consacrée trois ans plus tôt et que l'on disait d'une beauté extraordinaire – le décès accidentel de mon fils Geoffroy, duc de Bretagne, lors d'un tournoi à Paris, le 19 août 1186. Il était venu se réfugier auprès du jeune roi capétien Philippe Auguste après que son père eut refusé de l'investir de l'Anjou. Quelques mois plus tard, j'appris la naissance de son fils posthume, Arthur...

La distance me permettait de relativiser les alliances, guerres, attaques, trahisons et de constater que Richard, prince lettré et poète, excellait de même dans l'art politique et tactique de la guerre.

Je le voyais également se rapprocher de notre rival Philippe Auguste, auquel le liait une amitié dictée par les aléas diplomatiques des deux royaumes. Mais il me semblait, pour connaître mon fils mieux que tout autre, que quelque chose au-delà des royaumes s'était noué entre les deux jeunes rois. Une complicité ? Le mot me semblait fort mais paraissait correspondre à la singularité de leurs liens, tantôt amis, tantôt ennemis.

En 1187, j'avais d'ailleurs consigné sur le manuscrit calendaire qui me servait de repère, dans ces jours incolores, la naissance du futur Louis VIII, fils de Philippe Auguste. Celui qui allait devenir – mais je l'ignorais alors – l'époux de Blanche de Castille.

En novembre, j'appris que Richard, révolté par la prise de Jérusalem par Saladin, s'engageait à prendre la croix et à partir en croisade afin de délivrer les Lieux saints.

Un vœu dont la réalisation était retardée par les guerres de territoire incessantes qui opposaient Richard à son père et à Philippe Auguste, d'une part, et Richard et Philippe Auguste à Henri II, d'autre part. Triangle infernal.

Richard, ulcéré, brisa net les relations avec son père lorsqu'il apprit un peu plus tard que ce dernier voulait le déshériter au profit de son fils préféré, notre petit dernier, Jean sans Terre. La guerre reprit de plus belle avant qu'Henri II, malade, ne soit obligé de conclure une paix relative avec Richard et Philippe Auguste.

En ce mois de juillet 1189, on disait Henri II, mon époux, plus méconnaissable que jamais : obèse, prématurément vieilli, traînant une jambe blessée par une ruade de son cheval, mal mis, sale, constamment agité de mouvements nerveux, suspicieux et d'un despotisme virant à la cruauté. Ainsi, Pierre de Blois, qui fut si longtemps auprès de lui et dont je m'attachai ensuite les services, me fit de la cour de mon époux, aux derniers temps de sa vie, la description la plus odieuse. Je la relis parfois :

Dans les repas, dans les chevauchées, dans les veillées, il n'y a ni ordre, ni règle, ni mesure. Clercs et chevaliers de la cour se nourrissent d'un pain mal fait, mal fermenté, pétri de farine d'orge, lourd comme du plomb, mal cuit ; pour boire, un vin corrompu, trouble, épais, rance, sans saveur. J'en ai vu présenter à de grands personnages de si épais qu'on ne pouvait l'absorber qu'en fermant les yeux, les dents serrées, en le passant comme au crible plutôt qu'on ne le buvait, avec une grimace d'horreur ; la bière qu'on y boit a un goût affreux, un aspect abominable... On vend aussi bien à la cour des bêtes saines ou malades, des poissons de quatre jours qui ne se trouvent pas moins chers pour être puants et pourris...

Et cette cour, loin de la magnificence érudite qui caractérisa la nôtre, était, disait-on, composée de filles de joie, de truands, de bandits et de quelques histrions au maigre talent. Henri II faisait aussi montre avec son peuple d'une sévérité qui confinait à la sauvagerie, n'hésitant pas à mutiler ou à tuer pour de simples délits de chasse. Un à un, tous ses fidèles, ses partisans, ses alliés l'abandonnaient pour rejoindre le camp adverse, composé de Richard et de Philippe Auguste...

Au printemps, après que Tours et Le Mans furent tombés, Henri se trouva si mal en point qu'une trêve fut décidée entre lui et ses opposants.

Alité au château de Chinon, mon époux se fit lire, ainsi qu'il avait été convenu dans les termes de l'accord, la liste des seigneurs qui l'avaient trahi pour rejoindre la coalition formée par le roi de France et Richard. En tête de liste figurait Jean sans Terre, son fils préféré. À l'énoncé de la forfaiture, saisi d'effroi autant que de désespoir par la trahison de son fils préféré, Henri interrompit la lecture et se tut. Il demeura ainsi inerte, les yeux vides, deux jours durant.

Au troisième, il était mort.

Et moi, libre.

Le Barp, 31 mars 1200

Voici donc notre dernière étape. Demain, veille de Pâques fleuries, nous entrerons à Bordeaux. Elvira m'a coiffée ce matin en chantonnant une composition du troubadour Bertran de Born, qu'elle a apprise par cœur :

Bien me plaît le gai temps de Pâques
Qui fait feuilles et fleurs venir
Et me plaît d'entendre ramage
Des oiseaux qui font retentir
Leurs chants par le bocage ;
Et me plaît quand vois sur les prés
Tentes et pavillons dressés
Et j'ai grande allégresse
Quand vois par la plaine rangés
Chevaliers et chevaux armés.

Je m'esclaffe avec elle lorsqu'elle se trompe sur les mots ou les prononce, déformés, méconnaissables, avec son fort accent castillan.

Aliénor, qui passe à ce moment, rit elle aussi.

— Je suis bien aise, Majesté, de vous trouver de si bonne humeur ce matin.

Elle tourne vers moi ses yeux clairs empreints d'une inhabituelle douceur.

— Les raisons en sont nombreuses et tu devines, Blanche,

que notre arrivée prochaine à Bordeaux en est la toute première. Le chemin a été long, difficile, périlleux. Je suis soulagée de le savoir à son terme, sans grandes pertes, ni problèmes.

— À part la blessure de Dux et le renvoi du chevalier indélicat !

— Dux est rétabli et ce chevalier indigne reparti conter fleurette aux pierres des chemins. Il pourra les battre à loisir et même les épouser s'il le souhaite !

Aliénor et moi éclatons de rire, complices et joyeuses.

— J'ai également d'autres raisons de me réjouir : vivre les saintes fêtes de Pâques dans le château de mon enfance et retrouver ce cher Mercadier, le fidèle mercenaire compagnon de mon fils… Mais surtout avoir accompli la mission que m'a confiée Jean, roi d'Angleterre : ramener la future reine de France…

Ma joie retombe aussitôt.

— Le vertige me saisit à ces mots, Majesté…

— Je le comprends fort bien. Mais n'oublie jamais, chère enfant, que ton royaume et ton époux, qui en est le garant devant Dieu, doivent être désormais ta seule priorité.

— Majesté, ayant eu la chance de chevaucher à vos côtés, je me suis forgé une image bien noble et exigeante de cette tâche pour laquelle vous m'avez désignée. En toutes choses, je saurai me rappeler votre exemple, Dieu m'en est témoin.

Aliénor me saisit tendrement les mains :

— Je suis certaine, Blanche, que tu seras une grande reine. Sache que je prie le Seigneur de t'inspirer à chaque instant dans cette lourde et magnifique mission.

Afin de dissiper l'émotion que je sens poindre et embuer mes yeux, j'adopte un ton plus léger pour lui demander son avis sur la robe que je devrai porter lors de notre entrée à Bordeaux.

Bordeaux, 1er avril 1200

La voici donc, la fière cité d'Aliénor, le cœur battant de son Aquitaine.

Bordeaux la prospère, Bordeaux l'orgueilleuse, ayant plus que toute autre su tirer profit de l'union de sa duchesse avec le roi d'Angleterre, dresse ses quarante-six tours d'enceinte devant un coude de la Garonne. La liesse est partout, qui célèbre à grands cris l'arrivée de sa duchesse.

Après avoir traversé le Peugue, nous arrivons en vue de la forteresse. En son centre, un imposant donjon, l'Arbalesteyre, domine la Garonne. Je n'ai jamais rien vu de pareil à ce fleuve monstrueux. Le Carrión, qui traverse Palencia, me paraît ridicule comparé à cette étendue d'eau mouvante, piquetée de bacs qui la traversent en tous sens.

Elvira, saisie d'effroi, étreint ma main.

Don Carlos sourit de notre trouble :

— Que Votre Majesté ne craigne rien. Il s'agit là du grand fleuve Garonne qui fait de Bordeaux la plus imprenable des citadelles. Nul pont ne l'enjambe, seuls des bacs permettent de franchir la barrière d'eau. L'Océan, tout près, dicte au fleuve ses humeurs. À marée montante se forme un mascaret, cette vague portée par le courant qui remonte le fleuve. Ainsi, l'eau salée vient jusqu'aux portes de la cité pour s'unir à l'eau douce.

« La Garonne et le commerce qu'elle permet sont la clé de la prospérité de Bordeaux : de là partent les bateaux chargés du fameux vin, le claret, que la duchesse Aliénor fait exporter partout, et en tout premier lieu en Angleterre. Son commerce étant exonéré de taxes, les Anglais eurent tôt fait de ne plus pouvoir s'en passer.

Alors que nous prenons possession de nos appartements et que retentit toujours, sous le château, le son des tambours et trompettes, je regarde longuement le fleuve qui s'étire, au loin, sous les hautes murailles de la cité.

Loin. Si loin. Ma gorge se noue soudain. Je ne peux partager avec aucun des miens la joie et le soulagement de notre arrivée à Bordeaux. Je ne peux m'enthousiasmer avec mes sœurs et mon petit frère devant le grand fleuve couleur de boue. Don Carlos m'indique d'un geste de grands vaisseaux dont on aperçoit les voiles.

— Ce sont les navires castillans qui vous mèneront en Normandie dans quelques jours. Les plus hauts personnages du royaume sont déjà présents, qui brûlent d'accomplir leur mission : accompagner la future reine de France vers son destin...

Je souris faiblement tandis qu'il poursuit :

— Sa Majesté la reine a prévu de demeurer ici le temps des fêtes de Pâques. Elle pense que nos gens ont bien mérité un repos. Elle souhaite également vivre la Semaine sainte dans la ferveur qui la caractérise.

Bordeaux, 2 avril 1200

En ce dimanche de Pâques fleuries, j'ai voulu honorer la passion de Jésus en me vêtant de rouge.

Aliénor m'attend pour présider et suivre la procession qui rappelle l'entrée de Notre-Seigneur dans Jérusalem.

J'aime cette reconstitution qui fait monter sur un ânon un jeune homme figurant le Christ, fêté par le peuple brandissant des feuillages et reprenant en chœur :

Béni soit celui qui vient,
Le Roi, au nom du Seigneur.
Paix dans le ciel
Et gloire au plus haut des cieux !

La joie qui règne, le soleil, le vent chargé d'embruns et de vase dont j'ai senti, dès mon arrivée, la puissante odeur de pourriture aigrelette, les enfants qui se pressent, agitant leurs rameaux sous le nez des adultes : cela qui est la vie, qui est l'espoir d'un pardon, d'un chemin, me tire un peu de ma mélancolie.

L'allure altière d'Aliénor se détache au milieu de sa suite. La foule s'incline à son passage. Et je ne sais qui, de Notre-Seigneur ou de la reine, suscite le plus d'amour et d'adoration.

Bordeaux, 3 avril 1200

— Mercadier ! Quelle joie de vous revoir…

— Majesté, je suis votre serviteur. Je suis venu en voisin déposer à vos pieds mes hommages.

— Relevez-vous, mon brave Mercadier. Vous êtes désormais seigneur de Beynac, ainsi que l'a voulu mon fils bien-aimé, le roi Richard dont vous fûtes le si fidèle et dévoué compagnon.

— Majesté, jamais le soleil ne se lève ni ne se couche sans que la pensée du roi n'envahisse mon esprit. Quand bien même étais-je présent lors de la traîtresse attaque qui lui coûta la vie, ainsi qu'à vos côtés lors de son agonie, je ne puis me résoudre à sa disparition. Non, par tous les saints, je ne puis m'y résoudre. Le roi Richard et moi étions inséparables. Ah ! nous en avons mené des batailles : tranché des têtes, enfoncé des épées, éviscéré des lâches. « Par les jambes de Dieu », comme disait le roi, personne ne pouvait nous arrêter. Je regrette que ce maudit trait d'arbalète ne m'ait pas touché, moi, qui étais là pour le protéger. Que celui qui l'a tué grille en enfer pour l'éternité ! Je me suis chargé de lui en faire tâter le goût de son vivant.

— Mercadier, vous saviez pourtant que le roi avait ordonné qu'on lui laisse la vie sauve !

— Toute sa vie durant, je me suis conformé à la volonté de l'illustre et glorieux roi d'Angleterre, et empressé d'exécuter ses ordres. Cette unique et seule fois, j'ai failli. Et n'en éprouve aucun regret. Comment laisser cet assassin respirer alors que mon roi, la gloire et l'honneur de la chevalerie, n'est plus ? Ce scélérat ne méritait pas le pardon du roi Richard. Ah ! c'était belle et bonne jouissance de le faire écorcher vif, de l'entendre glapir comme un porc, de le traîner dans la poussière et de hisser ses restes au bout d'une corde afin qu'ils soient déchiquetés par les corbeaux...

— Mercadier !

— Pardon, Votre Majesté... Je m'emballe. Disons que j'ai juste anticipé la justice de Dieu...

— Je doute que Notre-Seigneur soit adepte de méthodes aussi expéditives... Mais j'ai plaisir à vous retrouver aussi fougueux que lors de notre campagne de ralliement et de pacification du Poitou et de l'Aquitaine, au lendemain de la mort de Richard. Comme il me plaît aussi de vous savoir désormais engagé auprès du roi Jean.

— Le roi Jean peut compter sur moi, Majesté. Il sait qu'à son appel, je répondrai. Par fidélité au royaume conquis par le roi Richard, plus que pour sa personne. Pour moi, nul autre que Richard Cœur de Lion n'est digne de ce trône. Et c'est un mercenaire qui vous dit cela, qui sème la guerre, le feu et le sang, contre la promesse d'un jambon.

— Un jambon, certes, mais de préférence en or et si possible accompagné de quelques pintes de ce bon vin claret, n'est-ce pas, Mercadier ?

— Ha, ha, ha, oui, Majesté, c'est qu'il me faut entretenir mon domaine maintenant que je suis seigneur. Le roi Richard m'a investi des charges du noble Adhémar de Beynac, mort sans laisser d'héritier, et m'a conféré, à moi et aux miens, le droit de jouir à perpétuité et par droit héréditaire de toute la terre et de tous les biens qui dépendaient de sa juridiction.

— Il m'en souvient fort bien. Ce fut une sage décision qui démontrait tout le respect et l'affection que le roi Richard vous portait, Mercadier. Vous étiez la seule personne en laquelle mon fils avait une pleine et entière confiance.

— Après vous, Majesté.

— Sans doute… Êtes-vous satisfait de votre seigneurie ?

— J'ai déjà fait réaliser force travaux, qui m'ont valu grandes dépenses. Ainsi, j'ai ordonné que soit garnie de poissons une pêcherie sur les terres de ma châtellenie de Bigaroque, sur la Dordogne. Et Dieu m'a inspiré une idée que j'ai trouvée juste et utile à mon salut, à celui de ma famille ainsi qu'à celui du vénérable Adhémar de Beynac, mon prédécesseur…

— Or donc ?

— Eh bien, j'ai fait don aux moines de l'abbaye voisine de Cadouin – d'ailleurs, sa situation dans un vallon boisé environné de vignes me fait penser à votre abbaye de Fontevrault – de toute la dîme de ma pêcherie, et ce, à perpétuité.

— L'acte est noble et pieux, en effet.

— Ah ! Majesté, je suis flatté. C'est que j'ai été formé à bon usage aux côtés du roi Richard. Seulement… on murmure encore à mon passage, j'entends derrière moi les rires méprisants des petits barons. Ils s'obstinent à ne voir en moi qu'un vulgaire mercenaire. J'enrage et garde les poings serrés sur mon épée. Qu'il serait doux d'occire ces tristes sires… Mais cela n'arrangerait sans doute pas la situation.

— Sans doute pas. Et l'encouragerait même, il me semble.

— Alors, j'ai voulu un acte. Le clerc tremblait sous ma dictée. Seule la menace est un langage clair. J'ai donc bien stipulé que mon courroux – et celui de Dieu – s'abattrait sur ceux qui empêcheraient ou tenteraient seulement d'entraver les effets de ma libéralité. Et que si par malheur quelqu'un s'avisait de molester les moines, alors il me trouverait sur son chemin. Et qu'il lui en cuirait.

— Je suis certaine que vous n'en arriverez pas à cette extrémité.

— Moi non plus, mais il convient en toutes choses de se méfier, Majesté. Vous ne le savez que trop bien. Pour clore mon acte de façon définitive, j'ai ajouté la formule que j'avais vue si souvent employée par le roi Richard : *Teste me ipso.* Je pense que le roi serait fier de moi. Je l'espère en tout cas.

— J'en suis certaine, Mercadier.

— Majesté, je ne veux pas abuser de votre temps. Vous avez fait, jusqu'à Bordeaux, un long et périlleux voyage. Et il n'est pas terminé. Pour remonter jusqu'à Poitiers, il vous faudra traverser le territoire des Lusignan. Je me méfie de cette engeance comme d'une peste. Ils sont tantôt à vous flatter, tantôt à vous trahir. Ils ont la mémoire courte, pourtant. Qui a permis au seigneur Guy de racheter l'île de Chypre en 1192, hein ? Le roi Richard ! Qui a facilité des alliances qui leur ont apporté richesse et prospérité ? Le roi Richard ! Sacrebleu ! Ces diables de Lusignan n'ont vraiment pas de parole pour s'être alliés au roi capétien Philippe Auguste... Je suis certain que, apprenant votre passage, ils sont déjà en train de fomenter quelques mauvais coups. Majesté, votre fils l'aurait ordonné, je tiens absolument à vous escorter jusqu'à Poitiers.

— Cher Mercadier... Merci de votre généreuse proposition. Nul doute que Richard en serait touché. Mais je ne crains pas plus les Lusignan que les coups du sort.

— Eh bien, c'est moi qui ne les craindrai pas du tout si je suis avec vous.

— Et votre château ? Il a davantage besoin de vous que moi, il me semble.

— Ma forteresse est comme moi : imprenable. Rugueuse et d'un bloc. Pas commode. Juchée sur son éperon rocheux, bien malin qui pourrait l'atteindre. Je ne m'en soucie pas. Son système de défense est excellent et j'ai formé des gens à la protéger. Et puis, j'ose dire que ma réputation fait hésiter ceux qui auraient l'idée bien saugrenue de s'attaquer à elle... On ne provoque pas Mercadier, seigneur de Beynac, sous peine de déclencher sa colère, corne de bouc !

— Soit, soit, je m'avoue vaincue. J'ose dire que vous

avoir à mes côtés me sera d'un certain réconfort. Et puis nous pourrons à loisir nous souvenir des hauts faits du roi Richard. Voilà qui rendra mon retour plus doux.

— Je suis fort aise que Votre Majesté me fasse l'honneur d'accepter ma présence à ses côtés. Quand prévoyez-vous de reprendre la route ?

— Nous passerons les fêtes de Pâques ici, à Bordeaux. Je songe ensuite à prolonger de quelques jours notre résidence en ces lieux : la jeune infante doit se reposer et s'habituer doucement à sa nouvelle vie. Bordeaux est une transition idéale entre la cour de Castille et celle de France. Puis, les nobles castillans l'escorteront sur la route de la Normandie, qu'elle fera par voie de mer pour plus de rapidité, de facilité et de sécurité.

— Je suis aux ordres de Sa Majesté.

Bordeaux, 5 avril 1200

Tout m'étonne et me ravit. Que Bordeaux est grand, bariolé, agité ! J'y retrouve l'esprit joyeux et entraînant des Castillans. La richesse en plus. Toute la journée, les bateaux se relaient sur la Garonne, chargeant des cargaisons, en déchargeant d'autres. Le matin, le raffut du port monte jusque sous mes fenêtres, chargé de l'odeur fétide des poissons éventrés.

Elvira est comme folle, grisée par les échoppes qui se pressent tout au long des minuscules ruelles de la cité. Elle veut tout voir, tout toucher. Le moindre colifichet lui arrache des cris de bonheur. Il lui semble que tout est plus brillant de ce côté-ci des Pyrénées. Don Carlos nous escorte dans les rues de la ville, aussi curieux que nous du mode de vie de ses habitants. Les maisons s'y pressent, serrées comme des rangs d'hirondelles. Elles sont étroites et hautes, cherchant à gagner un peu d'espace en direction du ciel, à défaut de pouvoir pousser la voisine. Il y a des quartiers, des rues entières dévolus à un seul métier.

Jamais de ma vie je n'avais vu autant de bahutiers rassemblés au même endroit. Les Bordelais sont des bourgeois, rivalisant d'aisance. J'imagine leurs nombreux bahuts chargés ras la gueule de draps, de tissus, de toutes choses utiles et nécessaires à leur paraître. La rue des bijoutiers retient longuement Elvira dont les yeux n'en finissent pas de scintiller. Don Carlos, présence bienveillante et silencieuse, supporte stoïquement nos cheminements hasardeux, nos allées et venues entre deux échoppes, nos hésitations entre deux étoffes, nos fous rires incessants. J'effectue quelques menus achats destinés aux miens, restés en Castille. Je regrette qu'Urraca ne soit pas présente, elle qui, en matière de féminité, fait preuve d'un goût très sûr. Ma grande sœur me manque terriblement. Sa dernière missive se voulait plus joyeuse que les précédentes. Notre père réfléchit à l'unir au futur roi Alphonse II de Portugal. Ils ont le même âge. Leur union serait un atout stratégique majeur dans la lutte de notre père contre les mahométans. Je veux y croire. D'abord parce qu'elle est ma grande sœur, qu'elle le mérite et que je l'aime. Ensuite, et de façon plus égoïste, pour me libérer de la culpabilité qui est la mienne, de ce que je lui ai involontairement ravi le destin dont elle avait toujours rêvé.

Aliénor se fait rare. Les affaires d'État la retiennent et elle multiplie les échanges avec les émissaires envoyés par le roi Jean. La trêve entre Plantagenêts et Capétiens est devenue sa priorité. Elle pense – et don Carlos ajoute « avec juste raison » – que l'heure n'est plus aux affrontements. Je suis l'instrument et le garant de cet accord. Et j'en suis fière. Grâce à mon mariage avec le jeune Louis, héritier capétien, le bruit des armes se taira enfin.

Bordeaux, 7 avril 1200

Les jours filent comme les nuages dans le ciel.

Nous entrons dans ce terrible Vendredi saint qui jette les fidèles à genoux, les fait jeûner, se lamenter et pleurer. Pourtant, tout me semble plus léger ici qu'en Castille.

Je ne ressens nullement le poids des traditions, la lourdeur des usages, le dramatique rite de la mort du Christ, qui voit chaque chrétien s'écrouler sous le poids de l'agonie du Sauveur. Tout est plus vaporeux de ce côté-ci des Pyrénées. On y est chrétien, certes, mais on n'en oublie pas pour autant d'être vivant. Et bon vivant.

Seule exception, ces trois offices des ténèbres qui ont lieu en la cathédrale Saint-André, là où Aliénor, en sa quinzième année, épousa Louis, futur roi des Francs.

J'ai assisté hier, en compagnie de la reine et de toute la cour, à l'office du Jeudi saint.

Alors que, sur le chemin, je m'émerveillais de la beauté de cet édifice, si différent de nos robustes églises castillanes, l'abbé Milon me rappela la signification de ces cérémonies si particulières se déroulant au tomber de la nuit.

— La journée liturgique commence au coucher du soleil. Chacun de ces trois offices comporte trois psaumes et trois lectures, chacune suivie d'un répons. Puis viennent les laudes et avec elles le *Miserere*. Hier, vous avez pu constater que les cierges sont éteints un à un, plongeant l'église dans la pénombre. Les yeux n'étant pas occupés à quelque contemplation, la musique s'y fait alors ressentir presque charnellement. Seul le chandelier à quinze branches est caché pour le *Miserere* : symbolisant le Christ, il n'est pas éteint puisque ce dernier doit renaître.

Vibrante, la voix d'Aliénor s'éleva alors :

Au commencement, Dieu créa les cieux et la terre.

La terre était informe et vide : il y avait des ténèbres à la surface de l'abîme, et l'esprit de Dieu se mouvait au-dessus des eaux.

Dieu dit : « Que la lumière soit ! » Et la lumière fut.

Dieu vit que la lumière était bonne ; et Dieu sépara la lumière d'avec les ténèbres.

Dieu appela la lumière jour, il appela les ténèbres nuit. Ainsi il y eut un soir, et il y eut un matin…

Saisissant sa main, je poursuivis à mon tour :

… Dieu dit : « Qu'il y ait une étendue entre les eaux, et qu'elle sépare les eaux d'avec les eaux. »

Et Dieu fit l'étendue, et il sépara les eaux qui sont au-dessous de l'étendue d'avec les eaux qui sont au-dessus de l'étendue.

Et cela fut ainsi.

Dieu appela l'étendue ciel. Ainsi, il y eut un soir, et il y eut un matin : ce fut le second jour…

Je regardai les yeux d'Aliénor s'allumer de ces fameuses paillettes d'or et y décelai fierté et tendresse.

— Mais quelle merveille que de cheminer doctement avec de si pieuses Majestés ! J'ignorais, princesse, que vous connaissiez parfaitement le livre de la Genèse, s'étonna l'abbé Milon.

— À croire, monseigneur, qui êtes aussi mon confesseur, que je ne vous dis pas tout ! répondis-je malicieusement.

L'abbé Milon, dont l'humour n'a d'égal que la bonne

humeur, partit de ce rire généreux qui fait tressauter sa bedaine, guère entamée par les privations du carême.

De bon matin, en ce Vendredi saint 7 avril de l'an de grâce 1200, nous empruntons le même chemin que la veille, mais Aliénor me semble aujourd'hui absente. Je m'enquiers discrètement de son état auprès de l'abbé Milon.

— Votre sollicitude envers la reine vous honore, chère enfant. Il me semble que Sa Majesté, d'une extraordinaire piété, vit dans sa chair et son sang le sacrifice de Notre-Seigneur… Rappelez-vous également que le roi Richard s'est éteint il y a eu exactement un an hier, le 6 avril 1199. Moi qui ai été le témoin de l'agonie et de la très sainte mort du grand roi, j'ai pu toucher au plus près l'intensité du lien qui unissait la reine à son fils.

« Elle ne l'a pas quitté, le veillant jour et nuit, surmontant sa douleur pour le préparer au trépas. Le roi Richard a fait preuve d'un courage exceptionnel dans ce moment où bien des hommes abdiquent tout sentiment de fierté.

« Il a eu l'énergie de mettre en ordre ses affaires, de s'entretenir longuement avec la reine de l'avenir de son royaume… Je ne peux m'empêcher d'établir de nombreux parallèles entre la mort du Christ et celle du roi Richard. Comme la Vierge Marie a assisté au chemin de croix de son fils sans faillir, la reine Aliénor a accompagné la lente et terrible agonie du sien. Impuissantes à enrayer le destin, ces deux femmes ont voulu se montrer dignes dans cette inhumaine et injuste épreuve.

« Sachant son heure proche, le roi Richard a pensé à sa mère, à ce qu'il adviendrait d'elle une fois trépassé. Comme l'a fait le Seigneur, ainsi que le narre l'Évangile de saint Jean :

> *Voyant sa mère et, près d'elle, le disciple qu'il préférait, Jésus dit à sa mère : « Femme, voilà ton fils. » Puis il dit au disciple : « Voilà ta mère. »*

— À la différence qu'il n'y avait pas d'apôtre au chevet du roi Richard, mais seulement vous, la reine Aliénor et ce mercenaire nommé Mercadier…

L'abbé Milon sourit :

— Je parle d'un point de vue symbolique. Le roi Richard a désigné son jeune frère Jean pour prendre sa suite. Comprenez, Majesté, que la reine n'a guère besoin qu'on prenne soin d'elle, à titre personnel. C'est une femme aguerrie, d'une incroyable intelligence et dont la force de caractère est louée de tous. Mais c'est aussi une mère pour le peuple d'Aquitaine et celui d'Angleterre…

Je ne voulus pas interrompre l'abbé Milon mais pensais quant à moi qu'il se trompait : Aliénor, quoique d'un très grand courage, avait au contraire besoin qu'on prenne soin d'elle. Les souffrances qu'elle avait surmontées ne la dispensaient pas de recevoir amour et affection. Tout au contraire.

L'abbé Milon poursuivit :

— Au moment d'expirer, dans un dernier sursaut de volonté et d'amour, Jésus a pensé à celle qui l'avait enfanté, prenant soin de la confier à son disciple préféré. La portée de ce geste est universelle : Marie aime, à travers son fils unique, tous les baptisés comme des frères du Christ et des fils de Dieu. Mère de Jésus, elle est aussi une mère pour chacun de nous.

— Je comprends… La reine aime et prend soin de ses sujets comme une mère. À son tour, et comme le fit jadis Jésus, le roi Richard a désigné son frère Jean afin qu'il prenne soin d'Aliénor. Et du royaume.

— Exactement, se félicite l'abbé Milon. L'Évangile ajoute d'ailleurs : « Et dès ce moment, le disciple la prit chez lui. » En fait, Jésus ne les abandonne pas. Il les confie l'un à l'autre. Il s'oublie lui-même, ne pense qu'à eux. C'est un geste magnifique…

— Oui, c'est une telle grâce que cet amour filial !… J'espère que le ciel m'accordera le bonheur de donner au futur roi de France un héritier mâle. Car, au-delà de la pérennité du sang royal, j'aimerais éprouver la puissance et la beauté du lien singulier qui unit une mère à son fils… Tel celui qui lie, par-delà la mort, Aliénor et le roi Richard.

— Hum !… Hum !… marmonne l'abbé Milon, certes, certes… mais il ne s'agit pas de n'importe quelle mère, ni de n'importe quel fils…

— L'amour fait-il la différence ?

— Mon enfant, l'amour a des mystères que seul Dieu, loué soit son Nom, peut percer.

Bordeaux, 9 avril 1200

La ville est en liesse. Pâques, par le son des cloches, résonne de toute la force du renouveau. L'agneau grillé embaume déjà l'air de notes de thym et de romarin. Au réveil, mes servantes m'ont offert des paniers d'œufs teints et peints de soleils, d'épis de blé, d'animaux ou de minuscules personnages.

De mon côté, j'ai commandé dix œufs travaillés à la feuille d'or pour Aliénor. Don Carlos est allé les chercher ce matin, disposés dans un joli panier de bois précieux. Elvira l'a décoré de multiples rubans.

Lorsque je pénètre dans les appartements de la reine, je la trouve devisant avec un gros gaillard dont je n'aperçois que le dos, large comme une porte de grange. Ses petites jambes disparaissent sous sa circonférence comme les pieds d'un meuble trop lourd. Bien que sa mise dénote une certaine aisance, je suis frappée par l'aspect rustique, presque bestial qu'il dégage. Il me semble que cet homme appartient davantage au règne des animaux sauvages qu'à celui des hommes.

— Blanche, venez, je vous prie, que je vous présente mon cher Mercadier, seigneur des terres de Beynac par la grâce du roi Richard.

Voici donc celui qui rend à la reine, en ce matin de Pâques, son lumineux sourire.

Je le salue sans ostentation, aussi prudente que curieuse

devant cet énergumène dont les petits yeux perçants me détaillent maintenant comme un boucher le ferait d'une pièce de viande.

— Comme je l'expliquais à Mercadier, nous resterons à Bordeaux encore quelques jours. J'ai besoin de repos, de même que vous, Blanche. Les vaisseaux sont à quai, les nobles castillans au complet, mais il me semble qu'au seuil de cette vie qui vous attend au royaume de France, il est bon d'apprivoiser un peu les us et coutumes de ce côté-ci des Pyrénées. Et puis, j'avoue que je ne suis guère pressée de vous voir partir...

À ces mots affectueux d'Aliénor, je sens les larmes me monter aux yeux. Elle décèle immédiatement mon trouble et tend son bras vers le panier.

— De quoi s'agit-il ? Venez-vous du marché ce matin ? me taquine-t-elle tandis que Mercadier, mains sur les hanches, fait entendre des oh ! oh ! oh ! sonores à côté desquels les gloussements de l'abbé Milon paraissent aussi subtils qu'un chant de rossignol.

— Parbleu ! s'il y a dans ce panier ce que je crois, ce sera tantôt la promesse d'une sacrée belle omelette ! rugit-il.

Ce personnage fait montre d'une déplorable éducation mais Aliénor semble enchantée de son humour rugueux.

— Je ne pense pas que ce genre de mets soit suffisant pour vous, mon cher Mercadier ! Ce ne sont pas quelques œufs qui pourraient contenter votre appétit. Il me souvient vous avoir vu engloutir force chevreuils, pâtés et rôts de toutes sortes.

— Jadis, Majesté, jadis... L'âge me vient désormais et il me faut veiller à ce que ma bedaine ne recouvre pas les armes que je porte à la ceinture... ni le reste, que je ne pourrais nommer devant des dames de qualité ! fait-il en plissant ses petits yeux. Sacrebleu ! Je sue désormais comme un pourceau sous le poids d'une armure. Ce qui ne m'empêche pas d'occire proprement ceux qui me cherchent querelle.

— Je n'en doute pas un instant, réplique Aliénor dans un rire ravi.

Je suis consternée. Comment ose-t-il une telle privauté devant l'incomparable reine d'Angleterre ? Mais ce qui m'accable davantage est qu'Aliénor, pourtant sourcilleuse sur le chapitre des bonnes manières, semble au contraire goûter la vulgarité de ce personnage.

— Je resterai à Bordeaux aussi longtemps que vous l'aurez décidé, Majesté. Foutredieu ! Il y a bien assez à ripailler dans cette cité. Voilà qui me divertira de mes responsabilités de seigneur de Beynac. Dès que vous vous sentirez en état, je prendrai la route du retour à vos côtés. Je gage que le voyage sera des plus distrayants : nous avons tant de souvenirs à échanger.

— Je le crois volontiers, Mercadier, et vous remercie. Mon fils, le roi Richard, vous en serait reconnaissant.

Mercadier se tourne vers moi :

— Je vous envie d'avoir côtoyé la reine Aliénor plusieurs semaines durant. Sa sagesse est grande et son exemple sera pour vous un guide toute votre vie durant.

Je le remercie tandis qu'il s'éclipse et que le plancher, sous ses pas lourds, vibre dans des couinements que les nombreux tapis ne parviennent pas à assourdir.

Aliénor lève vers moi des yeux d'aurore.

— C'est un être singulier, n'est-ce pas ?

Je ne peux qu'approuver...

— Mais ne vous méprenez pas sur son allure, ni sur son épouvantable réputation, d'ailleurs tout à fait méritée. Mercadier est un mercenaire de la pire espèce, il est vrai, mais aussi l'homme le plus loyal qui soit. J'ai une confiance absolue en lui. Il est sans doute le seul être sur terre qui ne me trahira jamais. Cela le rend à mes yeux infiniment précieux.

— Mais Majesté, moi non plus, je ne vous trahirai jamais !

— Bien sûr, Blanche, mon grand âge fait que tu n'en auras pas le temps, sourit-elle tristement. Mais souviens-toi des paroles de Jésus à Pierre : « Avant que le coq chante aujourd'hui, tu m'auras renié trois fois. » Pierre avait protesté, et pourtant... Pourtant, même ceux qu'on aime le plus vous trahissent. Surtout eux, d'ailleurs...

Je baisse la tête, accablée sous ces paroles.

Elle reprend en saisissant ma main :

— Mais ne restons pas sur cette note sombre qui ne sied pas à la fête de la résurrection du Christ. Montre-moi plutôt les merveilles que tu caches dans ce panier.

Bordeaux, 10 avril 1200, matin

Nous avons veillé tard.

Hier au soir, un grand banquet a été donné au château, présidé par la reine Aliénor. Tout ce que compte l'Aquitaine d'illustres personnages était présent, ainsi que les nobles castillans, les ecclésiastiques, les nobles loyaux aux Plantagenêts. Ce n'était que feux de joie, bonne chère, vin claret, chansons, jongleurs, poètes et ménestrels. Il y eut des concerts. Des joutes poétiques. Des danses aussi.

Aliénor rayonnait.

Elle prit la parole pour remercier son peuple et me présenter, ainsi que pour célébrer la résurrection du Christ qui, je le devinais, lui donnait le fol espoir de revoir un jour ceux qu'elle avait aimés. Elle voulait la joie, ce soir-là. Elle voulait la beauté, cet ineffable nécessaire à son existence. Elle voulait la poésie, aussi, sans laquelle elle ne pouvait vivre et encore moins lutter. Elle voulait l'Espérance.

Elle était d'une beauté incandescente, d'un maintien altier adouci par une attitude humble, celle qui méprise les armes que son pouvoir lui donne.

Parée d'une de ses robes de carmin et de pourpre qui la faisait ressembler à une flamme, la taille soulignée d'une ceinture brodée de pierres précieuses, le visage enchâssé dans une fine barbette, sa couronne d'or posée sur le voile dissimulant ses cheveux, elle éclipsait par sa noblesse les dames qui se pressaient autour d'elle. Je la regardais, fascinée.

Don Carlos vint s'asseoir à mes côtés, lui aussi aimanté par la vision de la reine. Il avait un peu bu. Il était touchant ainsi, lui qui ne se départait jamais de sa retenue de fier chevalier espagnol. L'alcool l'aidait à franchir la barrière des sentiments qu'il gardait d'habitude emprisonnés derrière les murailles de son apparence.

— Je n'ai jamais rencontré une femme telle que la reine Aliénor.

Je hochai la tête, en signe d'assentiment.

— Je ne peux pas comprendre le roi Henri II qui l'a rendue si malheureuse et lui a préféré une gourgandine, une sotte écervelée tout occupée de toilettes et d'artifices. Comment peut-on abandonner une femme pareille ?

— Je ne sais pas, don Carlos... Je ne sais pas...

— Certes, certes, mais cette femme-là, voyez-vous, est un pur joyau, il n'en existe aucune qui puisse lui être comparée. Elle possède tout : la piété, la beauté, l'intelligence, le courage, la persévérance, la bienveillance... Si j'avais été le roi Henri, je l'aurais chérie jusqu'à mon dernier souffle, remerciant Dieu de m'avoir offert davantage qu'une épouse : une partenaire, une complice, une âme sœur, un autre moi-même...

— Dites-moi, don Carlos, ne seriez-vous pas un peu épris de la reine Aliénor par hasard ? lui demandai-je en lui tapotant le bras.

Ma remarque fit rougir le vieux chevalier espagnol qui s'offusqua :

— Majesté ! Comment oserais-je !

La soirée fut des plus agréables, dominée par l'éclat d'une femme qui, malgré son âge, avait encore le pouvoir de faire succomber le plus ascétique des nobles castillans.

Je dormis, cette nuit-là, d'un sommeil opaque et lourd.

Il y eut un soir, et il y eut un matin

Le soleil est déjà haut lorsque j'ouvre les yeux. Elvira est près de moi. Nous échangeons sur cette nuit entrecoupée de cris, de bousculades et d'algarades. Le peuple de Bordeaux a fêté Pâques bruyamment. Le vin claret, fierté de la région, a coulé à flots et entraîné bon nombre de querelles. Elvira me conte les rues de la cité ce matin : jonchées d'ordures, de restes de festin, et traversées par les derniers fêtards qui rentrent péniblement dans leur foyer, encore embrumés d'un sommeil aviné.

Alors qu'elle tresse mes cheveux en chantant, don Carlos entre précipitamment, bouleversé.

Bordeaux, 10 avril 1200, soir

La poussière des chemins d'Orient a asséché ma bouche. La mort, que j'ai vue si souvent, a brûlé mes yeux.

Mon cœur silencieux n'a entendu que des cris. Mon esprit a engendré le chaos, fomenté des révoltes, dressé mes fils contre leur père, dédaigné l'amour pour la passion.

Je suis fatiguée de cette vie de tumulte, de ces luttes perpétuelles qui me portent vers des corridors vides. Aucun chemin ne s'ouvre au fond de mes impasses.

Je suis la reine d'un château de sable qui s'écroule inexorablement, privé de celui qui lui donnait sa mesure et sa force : toi, Richard.

Je t'ai tant aimé, mon fils. Et aussi, comme pousse une fleur tardive sur un sol ingrat, Blanche, cette petite infante que je ramène en France pour lui offrir une couronne, un destin, et d'autres malheurs.

Mais à quoi bon ?

Mercadier est mort tout à l'heure, assassiné à la plus haute heure du jour, ce lundi de Pâques 10 avril 1200, par un homme aux gages de Brandin, le sénéchal de Gascogne, allié du roi des Francs. Un mercenaire contre un autre mercenaire. Un royaume contre un autre. Ça n'en finira donc jamais ! Il n'aura survécu qu'un an à son maître.

La scène s'est passée dans la rue à l'aplomb de mes appartements. Mercadier, saoul comme une barrique, n'a pas même eu le temps de lutter, l'autre l'a occis par surprise, de dos. Une mort lâche, pour lui qui n'était que bravade.

Il me semble que tu l'as appelé à tes côtés, Richard. Le ciel devait te paraître bien vide sans ce vieux soudard. Quelles batailles livrerez-vous, escortés de vos troupes d'archanges ? Sur quelles terres célestes porterez-vous les oriflammes aux lions d'argent, pour glorifier le nom du Christ ?

Mais silence à mon cœur torturé !

La mort de Mercadier annonce ma propre fin. Je ne peux plus avancer, Seigneur. Je ne veux plus. Je dépose à vos pieds ma couronne, mon orgueil, mes péchés et ma gloire.

Qu'en ferez-vous ? Tout ceci n'a plus de sens, si seulement il y en eut un. Si je regarde en arrière, je ne vois que des cadavres. Las ! J'abandonne aujourd'hui la lutte qui m'a fait gravir ces jours comme autant de sommets. Toujours, je croyais deviner l'oasis, toujours, vous la dérobiez à mes yeux. Vous avez voulu que je me présente à vous dépouillée de tout, je le suis. De l'essentiel, du moins. Me voici donc, asséchée comme un sarment de vigne à la fin de l'été, vidée d'espoirs, consumée de chagrins.

Pas de pitié, j'ai mérité tout cela. Il a fallu sans doute cet assassinat pour que je comprenne enfin que je n'étais rien, qu'une poussière dorée, un simple jouet entre vos mains.

Il a fallu la perte de cet homme, homme de peu, diront certains, mais qui était le fidèle miroir de mon fils, pour que j'obtempère à votre ordre. Le seul roi, c'est vous. Et je n'ai plus qu'un seul désir : prier, vous supplier d'accorder le salut aux aimés trépassés et vous servir, humble écho de Votre volonté.

Me soumettre au Mystère. Et oublier mon nom.

Bordeaux, 13 avril 1200

Elle est partie ce matin.

Lorsqu'on lui a annoncé l'assassinat de Mercadier, don Carlos, présent à cet instant, m'a raconté qu'elle avait ouvert la bouche et, lentement, comme une poupée disloquée, s'était effondrée. Les servantes présentes l'avaient retenue dans sa chute et étendue sur son lit.

Elle avait repris connaissance peu après, alors que le meilleur médecin de la ville accourait.

Elle était restée prostrée, muette, toute la fin de ce funeste lundi de Pâques, refusant de boire et de manger. Elle n'alla pas non plus à la messe de l'office du soir. Alors que je demandais à la voir, elle refusa. Elle voulait être seule.

Le lendemain matin, elle s'était levée comme à l'accoutumée, ignorant l'ordre de strict repos donné par le médecin.

Je lui rendis visite aussitôt que possible. Elle m'accueillit comme à son habitude, redevenue maîtresse d'elle-même. Mais quelque chose avait changé. Les paillettes d'or au fond de ses yeux avaient disparu. Sa peau était devenue transparente, d'une pâleur mortelle. Aussitôt, et comme pour se débarrasser d'un trop lourd fardeau, elle m'annonça :

— J'ai donné les ordres pour partir dès demain vers l'abbaye de Fontevrault. J'aspire à y trouver le repos, à mettre fin à cette tempête que fut ma vie… peut-être même à y prendre l'habit.

— Majesté ! Non ! m'écriai-je, bouleversée.

Elle ouvrit les bras, je m'y jetai.

— Allons, Blanche, il ne s'agit simplement que d'avancer de quelques jours mon départ. Et le vôtre. J'ai donné les ordres pour que les galions castillans soient affrétés et prêts à hisser les voiles après-demain. J'attends de vous, plus que jamais, le comportement d'une future reine. Je sais que vous ne me décevrez pas.

Je ne pouvais articuler un mot. Nous restâmes ainsi debout, enlacées, un long moment, tandis qu'elle caressait doucement mes cheveux et répétait, comme une comptine à un enfant brûlant de fièvre :

— Allons, allons, tout ira bien, petite reine, tout ira bien…

Bordeaux, 15 avril 1200

Nos galions remontent l'estuaire de la Garonne, leurs voiles enorgueillies de vent. Peu à peu, les rives du fleuve s'agrandissent comme si l'on ouvrait les courtines d'un lit.

Une foule nombreuse a salué mon départ. Je me tiens à l'avant du plus majestueux des navires, escortée de ma fidèle Elvira, de don Carlos, d'Hélie de Malemort et des nobles castillans. Le reste de mes gens est dispersé sur les autres bateaux.

Nous ouvrons la route.

Des sentiments contradictoires agitent mes pensées.

La tristesse d'avoir dit adieu à Aliénor, l'excitation de rejoindre la Normandie où mes noces doivent être célébrées le 23 mai prochain, la nostalgie de la Castille et des miens qui s'éloignent toujours un peu plus, la peur enfin de découvrir l'Océan, dont on m'a conté qu'en ses abysses vivaient des monstres terribles que l'imagination même ne peut se figurer. Mais c'est la curiosité qui l'emporte. Je vais enfin voir cet horizon d'eau mouvante dont on m'a tant parlé, moi qui ai grandi au cœur des sierras de Castille.

Les bateaux manœuvrent avec précaution, soucieux d'éviter les bancs de sable immergés qui parsèment le fleuve. Lorsque l'on aperçoit le château de Cônac, fière vigie sur son promontoire qui domine l'estuaire, le commandant du vaisseau m'annonce l'Océan tout proche. Il m'a promis que nous garderions à tout moment la terre de vue. Cela me rassure un peu, tandis que je serre très fort la main d'Elvira qui, de son côté, tente de cacher son appréhension.

Ne pas dormir dans ce navire, sur ces eaux froides et hostiles peuplées d'animaux inconnus, me tranquillise un peu. Aliénor a personnellement veillé à ce que la route maritime qui me conduit en Normandie soit constituée de petites étapes, propres à ne pas trop me fatiguer.

Elle a ainsi donné des instructions précises au château d'Oléron, afin que j'y sois reçue comme elle pourrait l'être lors de la première nuit de ce périple maritime.

Sur le pont avant, tandis que nous contemplons les eaux sombres, l'archevêque me raconte qu'Aliénor a promulgué jadis les *Rôles d'Oléron*, un code maritime inspiré de la *lex Rhodia* :

— Alertée par le nombre croissant de pilleurs d'épaves et par la mauvaise coutume qui permet d'occire les rescapés des naufrages pour s'emparer de leurs dépouilles, Sa Majesté a interdit par écrit ces pratiques barbares et a réglementé les relations entre marins, seigneurs et clergé. Elle a aussi organisé le commerce maritime. Plus encore, la reine a abrogé, dès l'an 1145, les duels judiciaires et autres jugements expéditifs avant de donner aux habitants le droit de s'administrer eux-mêmes…

— Sa Majesté m'a en effet raconté tout cela mais, avec l'humilité qui la caractérise, a minimisé son action. Grâce à vous, monseigneur, je mesure à quel point ses décisions sont justes et soucieuses du bien d'autrui.

— Les habitants d'Oléron la tiennent en si grande estime – que je pourrais qualifier de sacrilège tant ils seraient prêts à célébrer un culte à sa personne – qu'ils veilleront à ce que votre étape soit aussi fidèle que possible à ce qu'ils lui réserveraient. Préparez-vous donc à être accueillie comme une divinité, aussi choquants que soient ces mots dans ma bouche d'ecclésiastique !

Plus fin et spirituel que mon cher abbé Milon, monseigneur de Malemort partage toutefois avec lui cet humour très particulier qui n'appartient qu'aux natifs de ce versant-là des Pyrénées.

Voici donc l'Océan, cette nef d'eau mouvante qui fait tanguer le galion d'avant en arrière et malmène mon estomac. Dès la Garonne passée, je mesure l'étendue sans fin devant moi. Rien que des vagues, du ciel et quelques oiseaux criards qui semblent se moquer de mon étonnement. La vue de la côte toute proche me rassérène. Je choisis de tourner mon regard vers ce relief rassurant plutôt que de m'abîmer dans cet infini qui affole mon esprit. Quand je songe qu'Aliénor a traversé les mers d'Orient des semaines durant, livrée à cette eau maléfique, sans terre où reposer son regard... Elle y est parvenue. Je dois m'inspirer de son courage et faire taire mes appréhensions. En toutes choses, même les plus infimes, j'aime m'inspirer d'elle. L'ériger comme guide et comme exemple. Mais si elle était présente, les choses seraient évidemment plus aisées et ma vaillance plus encline à se manifester.

Oléron, 16 avril 1200

Dans ma chambre immense, jonchée d'un odorant tapis de verveine et de thym, Elvira me coiffe et m'habille à la hâte : don Carlos est annoncé, nous allons reprendre la mer et je ne veux en aucun cas passer pour une infante retardataire et capricieuse... Je quitterai pourtant ce lieu à regret : on m'y a traitée en reine. Elvira et moi ne nous lassons pas d'évoquer la soirée féerique donnée en mon honneur, les mets délicieux, les chansons de geste, les poètes, musiciens et troubadours...

Pourtant, alors que j'aurais dû être comblée, je m'y suis sentie, par instants, mal à l'aise. Un peu comme si j'usurpais ce qui revient de droit à Aliénor. Car ce n'est pas moi qu'on a célébrée hier soir, c'est la reine d'Angleterre, la bienfaitrice d'Oléron. Je n'existe pas en tant que Blanche de Castille, seulement comme la petite-fille de la duchesse reine et comme future épouse de Louis VIII. J'ai vite compris qu'il me faudrait écrire ma propre histoire, faire mes propres choix, établir mes propres règles pour exister, un jour, sous le nom de Blanche de Castille.

Peut-on apprendre le métier de reine ? J'en doute un peu, je sais seulement que j'interrogerai souvent le souvenir d'Aliénor pour guider mes premiers pas d'altesse.

Cela suffira-t-il ?

— Majesté, puis-je vous déranger un instant ?

Don Carlos a les yeux facétieux ce matin. Il me manquera, lui aussi, lorsque, une fois que je serai parvenue en Normandie et mariée au prince Louis, il reprendra la route de la Castille, son devoir accompli.

— Vous ne me dérangez jamais, don Carlos. Parlez.

— Sa Majesté la reine Aliénor m'a confié une mission. Elle tenait à ce que celle-ci soit exécutée lors de votre première étape à Oléron. Pas avant. Ni après.

— Mais encore ?

— Elle m'a chargé de vous remettre ceci.

Il me désigne alors une modeste malle à la décoration rudimentaire, qu'il vient de déposer sur le meuble me faisant face. Je remarque qu'il tient dans sa main deux rouleaux de parchemin.

Don Carlos répond à l'interrogation de mon regard.

— Elle souhaite que vous ouvriez la malle en premier. En voici la clé, qu'elle a fait spécialement monter sur une chaîne de cou.

Je m'empare de l'objet, constatant que la clé et la chaîne, ciselées d'or, sont d'une finesse inouïe, contrastant avec la simplicité presque archaïque de la petite malle.

Assise sur mon lit, je tourne la clé et l'ouvre délicatement.

Je ne peux articuler un mot à la vue de ce qu'elle contient : un merveilleux coffret d'ivoire, celui-là même qu'Urraca et moi avions tant admiré entre les mains d'Aliénor dans notre château de Palencia, il y a quelques mois de cela : l'inoubliable présent offert par Raymond d'Antioche, l'oncle aimé d'Aliénor...

— Je crois qu'il convient de l'ouvrir à son tour, m'enjoint don Carlos alors qu'Elvira se tient debout près de moi, main sur la bouche afin de contenir le cri qu'elle réprime déjà.

Je saisis le précieux coffret. Admire les personnages enchâssés dans l'ivoire. Caresse leurs contours, comme je l'avais fait, naguère, sous les yeux impatients d'Urraca et ceux, amusés, d'Aliénor. Puis, je soulève lentement le rabat.

À l'intérieur, couché sur des soieries précieuses, le grand diamant d'Aliénor, délivré de son obscurité, projette ses facettes de lumière comme autant de rayons de soleil.

— Mon Dieu, mon Dieu…

Je ne cesse de répéter ces mots dérisoires :

— Je ne peux pas, don Carlos, je suis indigne d'un tel présent…

— Ce sont les ordres de Sa Majesté la reine Aliénor, et ils ne souffrent aucun refus, me souffle-t-il gentiment en me présentant les manuscrits roulés qu'il garde entre ses mains.

Don Carlos et Elvira se reculent de quelques pas, me laissant prendre connaissance des parchemins.

Je déroule le premier, sidérée par la beauté de ses enluminures. C'est un passage de l'Ecclésiaste que je reconnais immédiatement :

Il y a un moment pour tout, et un temps pour chaque chose sous le ciel :

Un temps pour donner la vie, et un temps pour mourir ; un temps pour planter, et un temps pour arracher.

Un temps pour tuer, et un temps pour guérir ; un temps pour détruire, et un temps pour construire.

Un temps pour pleurer, et un temps pour rire ; un temps pour gémir, et un temps pour danser.

Un temps pour jeter des pierres, et un temps pour les amasser ; un temps pour s'étreindre, et un temps pour s'abstenir.

Un temps pour chercher, et un temps pour perdre ; un temps pour garder, et un temps pour jeter.

Un temps pour déchirer, et un temps pour coudre ; un temps pour se taire, et un temps pour parler.

Un temps pour aimer, et un temps pour ne pas aimer ; un temps pour la guerre, et un temps pour la paix.

Un second rouleau est joint au premier. J'en brise le sceau aux armes d'Aliénor et découvre son message :

Aliénor d'Aquitaine

Petite reine, le Temps est venu pour toi.

Puisses-tu t'élever sur ces collines d'où l'on domine ses propres douleurs.

Puisses-tu entendre les voix fragiles qui prononceront ton nom, certaines venues de si loin que tu ne les reconnaîtras sans doute pas de prime abord.

L'inquiétude te fera un mantel et de gloire tu l'attacheras.

Ouvre les yeux car ton cœur en sait plus que toi.

Et n'oublie pas : il y eut un soir, et il y eut un matin.

Son sceau authentifie le message.

Je les détaille un instant : j'y reconnais son corps long et fin, vêtu d'une robe à lourdes manches tombant à terre, qui souligne sa finesse. Coiffée de sa couronne, elle tient dans sa main gauche un globe surmonté d'un oiseau de chasse et, dans la droite, un rameau. Y sont gravés ces mots :

Aliénor, par la grâce de Dieu, reine d'Angleterre,
duchesse d'Aquitaine,
duchesse de Normandie, comtesse d'Anjou.

De sa main, elle a ajouté en dessous, comme une épitaphe :

Humble servante du Très-Haut.

Songeuse, silencieuse, je referme le coffret, passe la chaîne d'or et sa clé délicate à mon cou, enroule les deux manuscrits...

Puis, je relève la tête et frappe rapidement dans mes mains, dans ce geste vif qu'Aliénor répétait si souvent :

— Allons, il est temps. Aujourd'hui est le jour d'après.

Épilogue

La duchesse reine parvint sans encombre à Fontevrault, mais elle n'y trouva pas le repos.

Quatre années terribles lui restaient encore à vivre, durant lesquelles elle aura encore la force de se battre pour enrayer l'inexorable démantèlement de son royaume, pallier les manquements du roi Jean et contrer l'ambition de son propre petit-fils, Arthur de Bretagne…

Las ! La guerre entre Capétiens et Plantagenêts fit de nouveau rage et rien – pas même le mariage de Blanche et Louis – ni personne ne put y mettre un terme.

Aliénor d'Aquitaine s'est éteinte « aux calendes d'avril », le 31 mars ou le 1er avril 1204, après avoir appris que Château-Gaillard, l'imprenable citadelle normande érigée par son fils Richard, symbole de la puissance Plantagenêt, était tombée dans l'escarcelle du roi de France Philippe Auguste.

Elle comprit sans doute aussi, juste avant que Dieu ne la rappelle à lui, que l'ensemble du duché de Normandie allait rapidement suivre, annonçant la fin inéluctable de l'empire Plantagenêt.

Aliénor d'Aquitaine repose, comme elle l'a voulu, au cœur de l'abbatiale de Fontevrault, nécropole des Plantagenêts, aux côtés de son fils Richard Cœur de Lion et de son époux

Henri II d'Angleterre. Son gisant – qu'elle aurait elle-même commandé – la représente tenant un livre ouvert entre ses longues mains…

Blanche de Castille épousa comme prévu le prince Louis, héritier du royaume de France, le 23 mai 1200.

De cette union heureuse naquirent douze enfants. Éprise de poésie, sage et pieuse, quoique d'un tempérament volontaire et déterminé, Blanche assurera, à la mort de son époux, la régence avec fermeté et intelligence, initiant Louis, son fils préféré – auquel elle vouera un amour aussi total qu'exclusif –, à l'art de la politique et de la diplomatie.

Il régnera à son tour sous le nom de Louis IX, et sera canonisé vingt-sept ans après sa mort sous le nom de Saint Louis.

À Palencia, en Castille, alors que pointait l'aube du XIIIe siècle, Aliénor, duchesse d'Aquitaine et reine d'Angleterre, avait donc, entre les deux infantes Urraca et Blanca, fait un choix judicieux… sans imaginer un seul instant que sa descendance Plantagenêt allait paradoxalement assurer les grandes et riches heures du royaume de France et, par là même, la vitalité de la dynastie capétienne, sa rivale…

Remerciements

Mes remerciements chaleureux à Martin Aurell, professeur à l'université de Poitiers, directeur du Centre d'études supérieures de civilisation médiévale, pour sa relecture bienveillante et sagace de ce roman.

Composition et mise en pages
Nord Compo à Villeneuve-d'Ascq

Pour plus d'information :

www.lisez.com

Imprimé sur du papier issu de forêts gérées durablement.

Imprimé en France en janvier 2023
par l'Imprimerie Maury S.A.S. à Millau (12)
pour le compte des Éditions Presses de la Cité
92, avenue de France, 75013 Paris

N° d'édition : C20009/06
Dépôt légal : mai 2022
N° d'impression : A23/72433A